L'ORPHELINE

DE

GENEVE.

Qui vient troubler la cendre des morts?..

THÉRÈSE

DE VOLMAR,

OU

L'ORPHELINE DE GENÈVE,

Anecdote du commencement du XIXᵉ siècle, publiée
d'après les Mémoires de Mademoiselle DE VOLMAR;

PAR MADAME LA BARONNE DE MÉRÉ:

DÉDIÉE, PAR L'ÉDITEUR,

A M. VICTOR DUCANGE,

Auteur du Mélodrame de THÉRÈSE.

TOME TROISIÈME.

PARIS,

CHEZ G. C. HUBERT, LIBRAIRE,
Palais-Royal, Galerie de Bois, n° 222.

1821.

THÉRÈSE

DE

VOLMAR.

CHAPITRE XXIX.

Thérèse au presbytère; ce qu'étaient madame de Sénange et son fils Charles.

———

« Soyez tranquille , ma chère fille, car je suis par mon état le père de tout ce qui souffre ; je vais vous remettre dans les mains de ma mère, la plus respectable des femmes. Point curieuse, parlant peu,

remplie de piété, sensible, elle a toutes les vertus ; enfin, après avoir été
dans sa jeunesse le modèle des
épouses et des mères, elle l'est dans
sa vieillesse des veuves chrétiennes ;
elle n'emploie la liberté que la
mort de son mari lui a laissée qu'à
s'occuper de bonnes œuvres ; elle
fait plus de bien que moi dans la
paroisse. » Un tel éloge d'une mère,
prononcé par son fils, honorait l'un
et l'autre, et donnait à Henriette
une grande confiance ; il semblait
qu'un instinct secret lui promît que
la rencontre de ce digne prêtre serait pour elle d'une ressource infinie,
et d'avance elle lui témoignait sa
reconnaissance dans les termes les
plus affectueux.

M. Egerton ne l'avait encore
qu'entrevue ; mais le son de sa
voix, la pureté de son langage,
la délicatesse de ses formes, tout
annonçait en elle une personne

nourrie dans une classe élevée, que
des malheurs avaient tout-à-coup
plongée dans la misère. Il pensa que
peut-être, en gagnant sa confiance,
il pourrait parvenir à changer sa
situation, ou du moins à l'adoucir.

Arrivé à la grille qui ferme son
jardin, il l'ouvre avec sa clé, traverse un joli parterre, et, passant
le vestibule, entre avec sa compa-
gne dans une petite salle où étaient
madame Egerton, sa servante presqu'aussi âgée qu'elle, et une table
où étaient placés deux couverts.
«Mettez-en un troisième, dit en entrant le curé à Marie; madame
soupe ici. Ma mère, voilà une jeune
dame qui nous fait l'honneur de
souper et coucher au presbytère;
je vous expliquerai ce qui nous pro-
cure cet avantage.—C'en est un très-
grand pour moi, reprit Henriette
en saluant respectueusement madame Egerton. — En vérité, mada-

me, dit la mère du curé, c'est à moi de me féliciter que mon fils ait fait une aussi agréable rencontre. Tout mon regret est de n'avoir pas été prévenue ; vous aurez un souper frugal, mais offert de bon cœur.» Elle la pria de se mettre à table, et en fit les honneurs avec une grande politesse. Après le souper, madame Egerton conduisit Henriette dans une fort jolie chambre et la pria de demander à Marie tout ce dont elle aurait besoin. Mademoiselle de Salis assura la mère du curé qu'il ne manquait rien chez elle. Celle-ci se retira.

Dès qu'Henriette se vit seule, elle remercia le ciel qui avait daigné la délivrer de dangers aussi éminens que ceux auxquels elle s'était trouvée exposée, et le pria de lui continuer son secours. Je n'oserais décider si ce fut grâce à l'influence salutaire de cette respectable maison, ou par suite de la sécurité qu'elle inspirait à Henriette ; mais notre aimable orpheline s'endormit profondément, et ne fut réveillée que par le chant joyeux des pâtres conduisant leurs troupeaux dans la prairie. Elle se leva aussitôt ; et, ayant encore dans son paquet du linge blanc et une fort belle robe de mousseline des Indes que son amie lui avait donnée peu de jours avant de mourir, elle la mit, peigna ses cheveux avec soin, les tressa, et, sans en avoir le projet, s'embellit encore. La cloche qu'elle entendit lui fit penser que l'on se rendait à l'église pour la prière du matin ; elle noua son chapeau sous son menton, s'enveloppa dans son schal, descendit, et trouva en effet madame Egerton prête à se diriger vers l'église où son fils l'avait précédée. Cette dame lui demanda obligeamment si elle avait bien re-

posé : « A merveille, repondit-elle,
et mieux que je ne l'ai fait depuis
bien long-temps ! »

On entra dans le temple, où Henriette pria avec la plus tendre piété,
ce qui n'echappa pas à madame
Egerton. On revint déjeuner, et il
ne fut plus question de rien. Mademoiselle de Salis voulut cependant
savoir ce qu'elle devait espérer d'un
si charitable accueil. Elle demanda
au curé, avec la permission de sa
mère, de lui dire un mot en parti-
culier. Il l'engagea à descendre dans
le jardin.

Quand ils y furent, Henriette lui
dit : « Je suis pénétrée, monsieur,
de vos bontés, de celles de madame
votre mère ; je serais trop heureuse
si je pouvais passer mes jours entre
vous deux ! mais dois-je, hélas ! en
concevoir l'espérance. — Ce serait
vous tromper que de vous la laisser ; tout ce qui est certain, c'est

que je ne vous abandonnerai jamais. J'ai même conçu, ma chère Henriette (car elle leur avait dit que tel était son nom et qu'elle n'était point mariée), j'ai conçu un projet qui vous rendrait, j'en suis sûr, parfaitement heureuse; mais la personne à laquelle j'ai pensé est absente peut-être pour un mois ou deux, cela dépend de circonstances dont elle n'est pas la maîtresse. Si elle voulait vous prendre auprès d'elle... dites-moi, quels sont vos talens? — Aucuns (car Henriette, dans l'espoir de se dérober par ce moyen à la fureur de ses ennemis, avait pris la résolution de ne passer que pour une pauvre ouvrière).— Aucuns !! cela m'étonne, dit le pasteur; vous paraissez cependant avoir reçu une très-bonne éducation. — Je sais lire, écrire correctement, et je possède tous les ouvrages de mon sexe, depuis la dentelle, la broderie en or et argent, jusqu'aux plus humbles coutures; du reste, je suis instruite de ma religion, et j'ai quelque notion d'histoire, de géographie; je calcule avec facilité; je suis en état de tenir une grande maison. — Tout cela est excellent, et vaut bien la musique, le dessin et la danse. — Ces exercices-là ne sont pas utiles quand on languit dans la pauvreté; heureusement l'on a bien voulu m'apprendre autre chose. — Tout ce que vous me dites là, ma chère Henriette, convient parfaitement pour la place que je vous destine. Ainsi soyez tranquille; vivez ici comme dans votre famille, et quand la dame à qui je veux parler sera chez elle, j'irai vous proposer pour demoiselle de compagnie; elle vous acceptera, je l'espère, sans difficulté. »

Henriette remercia le curé, revint, s'assit près de madame Egerton , broda jusqu'au dîner , prit son repas avec la mère et le fils , et se remit à son ouvrage jusqu'au souper ; se retira ainsi que la veille , dormit aussi bien , recommença la journée comme celle d'avant ; et , pendant un mois, toutes se suivirent de même. Madame Egerton aimait sa conversation ; son genre d'esprit lui plaisait ; mais elle était fâchée qu'elle fût si belle , et que le curé ne pût la garder sans craindre les propos qui , dans le fait , commençaient à circuler.

Un soir, Mathurin , qui venait quelquefois au presbytère , dit en entrant. « Grande joie au pays, monsieur le curé ! madame la comtesse de Sénange est de retour. — Vraiment ? — O mon Dieu ! oui ; elle a passé par chez nous comme elle fait toujours. — Comment se porte-t-elle ? — Fort bien ; cependant il y a quelque chose qui nous fait de

1.,

la peine, elle a l'air triste, son fils lui cause du chagrin ; c'est dommage, car c'est un gentil seigneur ! mais ça aime le jeu, le vin et les femmes ; au reste, voilà tout ce qu'on lui reproche. — C'est bien assez. — Je veux dire que ça n'en est pas moins généreux, sensible, d'une humeur agriable; enfin, qu'à ces défauts près, c'est un jeune homme parfait; mais cela se passera, s'il peut trouver une femme comme sa mère. Oh! jamais il n'aura pareille chance; c'est que cela ne se rencontre pas souvent. — Il est certain que madame de Sénange est une femme bien respectable et très-aimable en même temps. — Tenez, y a-t-il rien qui marque tant de bontés que ce qu'elle a fait? Elle a, comme vous savez, bâti un petit pavillon adossé contre ma grange, de manière qu'on pût y entrer en la traversant, et que de la maison

l'on pût aller et venir à couvert dans
ce petit logement. — Je sais cela.
— Elle l'a fait meubler le plus joliment du monde. Il y a une petite
pièce au milieu, et puis des deux
côtés deux chambres à coucher. Je
parie que vous ne savez pas pourquoi elle a fait ce petit bâtiment.
— Non, je ne le devine pas. — Elle
a dit que c'était pour venir boire
du lait chaud à la ferme ; mais elle
a des vaches au château : ainsi ce
n'est pas pour cela. — Eh bien !
pourquoi? — C'est à *seul*-fin que,
quand son fils a chassé tout le jour,
il ne soit pas obligé de retourner le
soir à Sénange, et qu'il trouve là
un appartement commode, chaud
l'hiver et frais l'été. Souvent même,
depuis qu'il est habitable, elle vient
l'attendre au retour de la chasse.
— C'est porter loin les attentions.
— Elle l'adore ; elle voudrait si bien
le marier, mais c'est rejeté plus

loin que jamais : Picard, le concierge, qui est là depuis quarante
ans, m'a conté que M. de Sénange,
le beau Charles, est amoureux fou
de la première actrice du théâtre de
Lyon, et qu'elle lui coûte un argent énorme. Il l'a meublée comme
une reine, lui a donné des diamans, des bijoux et tout l'argent
dont elle a besoin. Madame a su
cela; elle est partie pour le Lyon-
nais, il y a deux mois; elle est arrivée comme si de rien n'était. Son
fils est venu la recevoir; il lui a
fait mille caresses : ça été le mieux
du monde tant qu'on n'a pas parlé de
la comédienne; mais quand la mère
a proposé de payer les dettes si on
renonçait à la donzelle, oh ! il ne
se connaissait plus; c'était un diable. Madame, dit Picard, qui tient
tout cela de madame la comtesse,
a été obligée de céder; et l'intrigue
de M. Charles est plus forte que ja-

mais. — C'est très-malheureux ; il
faut prier le ciel d'éclairer ce
jeune homme, et de lui faire sentir
qu'une union légitime peut seule
promettre le repos et le bonheur.
— Oui, mais allez dire cela maintenant à nos jeunes gens. — Enfin,
Dieu nous l'a prescrit : prions pour
le pécheur, aimons-le, et ne l'imi-
tons pas. — Oh ! vous avez toujours
des paroles d'or, monsieur le curé.
— Par ainsi me voilà pour être
un des premiers à vous dire que
madame la comtesse était revenue.
Oh ! sûrement elle vous le fera savoir demain le matin. Elle va passer
la nuit à la ferme, parce que le
chemin de chez nous au château
est mauvais, surtout le soir. Ma
femme était d'une joie ! elle ne se
possédait pas : oh ! elle a bien ba-
vardé, je vous assure. — Croyez-
vous qu'elle lui ait parlé d'Henriette ?—Non, parce qu'elle est hon-

teuse de n'avoir pas voulu la garder depuis qu'elle sait que vous l'avez chez vous et qu'elle se conduit bien. — On ne peut pas mieux. — Cela me fait plaisir; je ne saurais vous dire combien je m'intéresse à elle. — Elle le mérite. — Elle n'est pas ici? — Non, elle est sortie avec madame Egerton : elles sont allées chez une pauvre femme nouvellement accouchée, à qui ma mère porte du vin, du sucre et une petite layette dont elle avait fourni la toile; mais que mademoiselle Henriette a cousue. — Je sais, je sais : c'est la mère Fersmann, n'est-ce pas? une ben brav'femme, et qui mérite vraiment tout ce que votre digne mère et mam'selle Henriette ont la bonté de faire pour elle. Je suis fâché de ne voir ni l'une ni l'autre, mais il faut que je m'en retourne, car notre démon me ferait un beau train, si je ne ren-

trais pas pour l'heure du souper ! »
Mathurin aussitôt quitta le curé,
pour retourner au plus vîte auprès
de sa ménagère.

On se doute bien que c'était chez
madame de Sénange que M. Egerton
voulait placer Henriette. Cette
dame était veuve, riche, et très-
charitable ; il pouvait donc se flat-
ter qu'en lui proposant mademoiselle de Salis, quoique sous le mo-
deste et l'unique nom d'Henriette,
elle ne la repousserait pas : la jeune
personne une fois établie chez elle,
il ne doutait pas qu'elle ne réussît
à merveille ; car plus il la voyait,
plus il en était enchanté. Elle avait
beau vouloir cacher ce qu'elle avait
appris avec tant de fruit, il était
aisé de remarquer combien elle était
instruite ; et son extrême modestie
ajoutait un charme à des connaissances qui rendaient sa société très-
agréable. Le bon pasteur s'empressa

donc dès le lendemain de se rendre à Sénange, avant même que la
comtesse lui fît rien dire ; il en pré-
vint sa mère et l'aimable Henriette,
pour qu'elles ne l'attendissent pas à
dîner.

~~~~~~~~~~~~~~~~~~~~~~~~~~~~~~~~~~

CHAPITRE XXX.

Notre Héroïne est admise au château de Sénange.

———————

QUAND la comtesse le vit , elle vint à lui , et lui dit qu'elle avait chargé Picard de lui apprendre son retour , et qu'elle ne venait que de savoir qu'il avait oublié sa commission. « Mathurin me l'a annoncé , madame , et je me suis empressé de venir vous offrir mes hommages. » La comtesse , l'ayant emmené dans un kiosque qui donnait sur la grande route , lui parla de tous les chagrins que son fils lui causait.

« Imaginez-vous, lui disait-elle , un entêtement semblable ? Il adore

cette femme; et j'ai su, à n'en pouvoir douter, qu'elle le trompe, et
qu'elle partage ses faveurs entre lui
et un jeune sous-lieutenant de son
régiment, qui, moins dupe que mon
fils, ne se ruine pas pour elle : cependant il y a tout à craindre qu'un
beau jour ils ne se rencontrent
et qu'elle ne soit cause d'un combat entre le chevalier de Rembrune et mon fils. Ah! que de tourmens accompagnent le bonheur
d'être mère! »

Le curé la consola, l'engagea à
prendre un peu plus sur elle, et
finit par lui dire qu'il avait trouvé
quelqu'un dont la société pourrait
l'intéresser et empêcherait qu'elle
se livrât à ses tristes réflexions.

Alors il lui raconta tout ce qu'il
savait de l'existence d'Henriette ;
il l'engagea très-vivement à la prendre auprès d'elle. « Mais si elle est
si belle, reprit la comtesse, et que

mon fils vienne ici?...—Elle est très-
sage, à ce qu'il me paraît; d'ailleurs,
si M. votre fils revient chez vous un
jour ou l'autre, et que vous le
voyiez se prendre de fantaisie pour
elle, nous la placerons ailleurs :
quant à moi, je l'avoue, je ne puis
la garder plus long-temps; elle est
trop belle pour mon repos. — Ame-
nez-la-moi, mon cher pasteur ; ou
plutôt si madame votre mère voulait avoir cette bonté, cela vaudrait
mieux. Demain je vous attends à
dîner tous trois. Ne dites rien à la
jeune personne : je suis bien aise
de la voir sans qu'elle soit prévenue,
pour la juger avec plus de certitude. »

Le curé revint le soir au presbytère, et dit à ces dames que la
comtesse les attendait le lendemain
à dîner. Henriette eût bien voulu
n'en pas être : elle dit à M. Egerton
qu'il lui ferait un grand plaisir

de la laisser avec Marie. « Cela ne se peut pas, dit madame Egerton qui savait et approuvait les projets de son fils ; il est nécessaire que vous fassiez connaissance avec madame de Sénange. — Et à quoi bon ? je vous l'ai dit : rien ne peut changer mon existence. En perdant ma protectrice , j'ai tout perdu ; il ne me reste que l'obscurité et le travail en partage. » Malgré cela il fallut bien qu'elle cédât ; parée de ses grâces et d'une noble simplicité , elle donna le bras à madame Egerton , et toutes deux suivirent le curé qui les précédait de quelques pas.

En entrant dans le salon où était madame de Sénange, les yeux d'Henriette se portèrent malgré elle sur le portrait en pied d'un officier de dragons , monté sur un superbe cheval. Ce tableau de Vernet avait le double mérite d'une ressem-

blance frappante et de la plus
parfaite exécution ; or , le jeune
Charles de Sénange étant un des
plus beaux hommes de l'armée ,
son portrait, sans être flatté, ne
pouvait qu'être admirable. Aussi ,
comme je l'ai dit, il frappa les regards d'Henriette, avant tout;avant
même la comtesse à qui madame
Egerton la présentait, ce qui la rendit distraite, embarrassée et nuisit
à la première impression qu'elle fit
sur madame de Sénange.Cette dame
lui trouva l'air dédaigneux , ce
qu'elle attribuait à la connaissance
qu'elle devait avoir de sa rare beauté,
car elle convint qu'il était impossible de porter une physionomie plus
noble et plus regulière. Cependant
le coup d'œil imprudent qui,dès cet
instant, produit un effet si désavan-
tageux pour elle, qui peut-être lui
causera de bien plus grands maux ;
ce coup d'œil , dis-je , ne l'empê-

cha pas quelques momens plus tard
de reprendre la charmante expres-
sion de sensibilité qui régnait ha-
bituellement sur son front.

Madame de Sénange s'occupa
beaucoup de madame Egerton ; elle
l'honorait pour elle-même, et aussi
parce que son époux, qui avait été
le mentor du comte de Sénange,
avait eu pour ce vieil officier une
grande considération. La mère du
pasteur désirait beaucoup qu'Henriette devînt commensale du château ; elle dit donc à la comtesse
tout le bien possible de cette jeune
personne. Madame de Sénange, revenant peu à peu de sa prévention,
fut la première à parler de la propo-
sition que le curé lui avait faite de
prendre mademoiselle de Salis pour
demoiselle de compagnie, et dit que,
si cela convenait à sa protégée, elle-
même ne demanderait pas mieux.

« C'est assurément pour moi ,
madame, infiniment d'honneur, répondit modestement notre jeune
amie; mais savez-vous que je ne
suis qu'une pauvre enfant trouvée ,
recueillie par une personne aussi
généreuse que sensible ; que je lui
dois tout ce que je suis ; qu'en la perdant il ne m'est plus resté rien sur
la terre; que je ne suis plus propre à
la société, et que, si vous vouliez ab-
solument me garder près de vous ,
je serais forcée de mettre à une ad-
mission, si honorable pour moi , la
condition expresse de ne jamais
quitter le château , de ne suivre madame la comtesse ni à Lyon, ni chez
ses voisins; en un mot de n'aller qu'à
l'église et au presbytère. — Quoiqu'il soit assez singulier, mademoiselle, que, dans notre position réci-
proque, ce soit vous qui me dictiez
vos conditions.... — Ah ! madame ,
reprit Henriette avec vivacité et re-

tenant à peine ses larmes, serais-je assez malheureuse pour que vous pussiez mal interpréter ce que j'ai osé vous dire? Hélas! si vous saviez ce qui me force à vous demander la grâce de rester le plus qu'il me sera possible éloignée du monde, vous me plaindriez, et vous verriez que j'ai raison de craindre les humains : mais enfin j'espère par mon respect, ma soumission dans toute autre chose, vous prouver que la pauvre Henriette est loin de méconnaître la distance qui existe entre elle et madame la comtesse de Sénange. — Embrassez-moi, ma chère enfant! je vous jure que voilà la dernière fois que je vous affligerai. M. Egerton m'a dit beaucoup de bien de vous; il paraît que vous avez précisement les connaissances qui me sont nécessaires; car, tout occupée de chagrins qui se renouvellent sans cesse, je suis fort peu

capable de suivre les détails de ma
maison. — Je m'attacherai surtout,
madame, à faire exécuter vos ordres. — Vous vous nommez Henriette? — Oui madame, c'est le seul
nom que je puisse porter. — Eh
bien ! ma chère Henriette,voilà qui
est convenu, vous serez toujours ici,
et le prétexte en sera facile, parce
que, placée à la tête de toute la
maison, vous ne pourriez vous ab-
senter sans que mes intérêts en souf-
frissent : du reste vous y serez ab-
solument comme ma propre fille. »
Henriette témoigna sa reconnaissance non-seulement à la comtesse,
mais aussi à madame et à monsieur
Egerton. La mère du curé dit qu'il
n'y avait que la certitude de savoir
Henriette heureuse qui pût la consoler de l'impossibilité où elle était
de la garder auprès d'elle. « Vous la
viendrez voir, répliqua obligeam-

ment madame de Sénange , et nous
irons souvent chez vous.»

Le dîner fut très-amical. Henriette éprouva un sentiment pénible en se séparant de ceux qui l'a-
vaient si généreusement reçue dans
sa pauvreté ; mais la raison lui disait qu'elle devait rester où la Pro-
vidence la voulait. N'existait-il pas
pour elle un autre motif qu'elle
était loin de s'avouer ? n'avait-elle
pas dans cette journée jeté encore
les yeux sur le portrait du jeune
comte ? sa vue n'avait-elle pas fait
naître dans le cœur d'Henriette le
désir de connaître l'original , dont
elle avait déjà entendu dire tant
de bien? car le comte était très-aimé
dans la maison de sa mère , parce
qu'effectivement il était fort aimable.

Dès le lendemain madame de
Sénange se déchargea du poids de
sa maison sur sa nouvelle amie ;

elle la présenta à ses gens comme
une personne qu'elle tenait de la
main de M. Egerton, et qui par
conséquent méritait une pleine confiance. Tous ses domestiques, excepté Picard, trouvèrent tout simple de tenir d'Henriette les ordres
de leur commune maîtresse. Pour le
vieux concierge, ce fut tout différent;
il lui sembla qu'il perdait toute la
dignité de sa place. Ancien laquais
du comte, il avait reçu comme récompense la conciergerie du château de Sénange, et il se faisait appeler intendant par les ignorans.
Se voir tout-à-coup obligé de rendre compte à une jeune fille, et
perdre ainsi sa suprématie, lui
donnait beaucoup d'humeur. Henriette s'en aperçut et résolut de
le mettre dans ses intérêts, en flattant l'amour-propre de ce maître-
valet. « M. Picard, lui dit-elle,
vous paraissez me voir avec peine;

2.

je vous assure que vous avez tort ,
car je n'ai nulle envie de vous en
faire. — Oh ! ce n'est pas l'intérêt
qui me rend les arrangemens de
madame la comtesse désagréables ;
mais il est dur, au bout de quarante ans , de se voir descendre
d'un cran , lorsque l'on pouvait au
contraire espérer de monter en
grade. — Mais vous ne descen-
dez en aucune façon , et vous êtes
toujours le concierge du château :
on ne vous ôte point les clefs, même
celle de la cave ; vos gages sont les
mêmes , et les profits légitimes que
vous faisiez, vous les ferez de même ;
seulement vous me donnerez les
états à mettre au net ; je serai
votre secrétaire, papa Picard ; voulez-vous le permettre ? — Eh ! qui
pourrait conserver de la rancune
contre vous ? vous arrangez cela si
joliment, qu'il faut croire que vous
avez raison ; d'ailleurs, si vous amu-

sez notre bonne maîtresse, que vous
lui rendiez sa gaieté, je ne penserai
seulement pas que vous m'ayez
soufflé mon intendance, et, comme
vous le dites, je ferai comme j'ai
toujours fait; j'y gagnerai même,
si vous voulez me tenir parole : je
vous donnerai mes brouillons que
je faisais autrefois mettre au net
par le maître d'école; or ce diable
d'homme se trompait toujours, et
puis madame grondait. D'après ce
qu'a dit Mathurin, qui le tient de
Marie, la servante de madame Egerton, votre écriture est comme mou-
lée, et puis votre *arushmétique* sans
faute. Allons, v'là qui est dit, je
ne suis plus fâché, et nous nous réu-
nirons pour servir notre bonne
maîtresse avec tout le zèle, l'intelli-
gence dont nous sommes capables.
Elle a besoin que l'on veille à ses intérêts, car elle a un fils qui lui
mange terriblement d'argent ! —

C'est celui dont le portrait est dans
le grand salon? — Lui-même : madame n'a que celui-là, et elle en
a bien assez pour le tourment qu'il
lui donne. Qu'est ce qu'elle ferait
si elle en avait cinq ou six comme
lui ? Ce n'est pas qu'il ne soit aimable; mais, voyez-vous, il a été maître de ses actions trop jeune : il
n'avait que quatorze ans quand son
père est mort; c'est entré au service à seize ans ; parce que ça ne
voulait pas être conscrit; ça a été
en Italie, en Espagne, en Russie,
que sais-je? c'en est revenu ayant
vu tout plein de choses, croyant à
cause de cela en savoir bien plus
que sa mère, qui n'a jamais été plus
loin que Lyon; et puis elle avait eu
tant de peur de le perdre, qu'elle
croit toujours qu'il va lui échapper;
en conséquence elle lui laisse faire
tout ce qu'il veut. Il est gentil d'ailleurs avec elle, caressant, gra-

cieux , et avec tout cela il vient à
bout de lui faire payer ses dettes ;
et puis il faut que Picard trouve de
l'argent. »

Henriette s'étonnait elle-même
d'avoir écouté avec une si grande
attention tout ce que ce vieux ser-
viteur lui avait dit de l'original du
grand tableau : mais était-il étonnant
qu'elle désirât savoir ce qui intéressait si particulièrement celle dont
dépendait maintenant sa destinée?
Cette conversation n'aurait pas si
promptement fini, s'il n'était arrivé
des voisins de madame de Sénange
qui venaient lui demander à diner.
Henriette fut obligée de leur tenir compagnie jusqu'au moment
où l'on se mit à table. Aucuns ne la
connaissaient ; tous furent frappés
de sa beauté , de ses grâces; et elle
en charma plusieurs par la noblesse
de son ton et la finesse de son esprit. Ils se demandaient les uns

aux autres :« Quelle est cette jeune
personne ? Charles serait-il marié
secrètement, et sa mère aurait-elle
ramené sa femme, à son retour de
Lyon?»Aucun cependant n'osa faire
de questions ; tous attendaient que
madame de Sénange parût pour
avoir l'explication de cette énigme.

CHAPITRE XXXI.

*Arrivée du jeune comte; rivalité,
    combat.*

L a comtesse les eut bientôt mis
au fait, et ils la félicitèrent d'avoir
une aussi aimable demoiselle de
compagnie; ils n'eurent pas le désir d'en savoir davantage. Elle était
belle, mais sûrement sans fortune;
elle ne pouvait donc leur offrir un
grand interêt, puisqu'ils auraient
cru manquer à madame de Sénange
en cherchant à séduire sa prote-
gée, et que, dans l'état de dépen-
dance où ils la voyaient, ils son-
geaient encore moins à l'épouser.
Henriette qui n'avait nulle coquet-

2..

terie, fut fort aise de leur voir moins
d'empressement qu'au premier moment, et, sans affectation de pruderie, fut polie, enjouée, quoique
parfaitement réservée ; aussi tous
ceux qui la virent, depuis ce jour
jusqu'à celui qui pensa combler la
mesure de ses douleurs, lui rendi-
rent la justice de convenir qu'il était
impossible de réunir plus de dé-
cence à plus d'amabilité. Mais elle
devait être mieux appréciée encore
par un être charmant, dont elle
égara la raison, dès le premier moment qu'il la vit. Qu'on ne me dise
point que dans les romans seuls se
trouvent ces sympathies subites. On
en pourrait citer mille exemples
qui attesteraient la vérité de ce que
je vais rapporter.

Mademoiselle de Salis habitait le
château depuis environ six semaines, et déjà la comtesse, qui s'était
singulièrement attachée à sa demoi-

selle de compagnie, sentait qu'elle ne pourrait s'en séparer sans un grand regret. M. Egerton était enchanté d'avoir fait à la fois le bonheur de deux personnes qui l'intéressaient également, lorsqu'un évènement funeste vint troubler la profonde paix qui régnait à Sénange.

Il y avait dans le parc un très-grand canal, bordé de saules ; à gauche une chaussée où les voitures pouvaient passer ; à droite se trouvait un bois planté d'arbres, qui cherchent le bord des rivières et des étangs, et qui élevaient leur cime avec d'autant plus de force, que leurs racines étaient toujours humectées par la fraîcheur de la terre, au travers de laquelle filtraient les eaux du canal ; à la tête de cette immense pièce d'eau étaient des peupliers qui se perdaient dans les nuées, et sous leur ombrage un

grand banc de pierres ; à l'autre
extrémité un bosquet fermé en charmille d'arbustes odoriférans : des
tilleuls de Hollande à large feuille
y mettaient à l'abri des rayons du
midi ; une herbe fine comme la
laine de nos plus beaux tapis se
trouvait sous les pieds, le parfum
des fleurs, le doux gazouillement
des oiseaux qui s'y refugiaient en
foule à cause du calme répandu
dans cette partie agreste du parc,
et qui n'était troublé que par le
bruit presqu'insensible des petits
flots du canal qui frappaient contre
les joncs croissans au bord ; tout in-
vitait à s'arrêter dans ce temple
de la nature ; un banc de mousse
était au fond appuyé contre le pié-
destal d'une statue de Cybelle d'une
grande beauté. C'était là que madame de Sénange venait passer les
dernières belles soirées de l'au-
tomne, souvent on lui donnait le

divertissement de la pêche. Une grande seine (1) que l'on traînait sur le canal occupait tous les gens de la maison qui venaient aider le pêcheur.

Un soir qu'on avait deux fois fait la longueur du canal, et qu'une pêche abondante assurait pour les jours suivans des mets recherchés, on vit sur la chaussée dont j'ai parlé, qui communiquait à une des grilles du parc donnant sur la route de France, une berline dont les stors étaient baissés : un courrier la précédait de quelques pas : « C'est mon fils , dit avec vivacité la comtesse , c'est mon fils ! voilà Bellanger (c'était le nom du valet de chambre de Charles); faites arrêter la voiture , ajouta-t-elle en s'adressant aux pêcheurs : mon Charles est sûrement là ! ! »

_____

(1) Filet que l'on traîne dans les grandes rivières et dans les étangs.

Bellanger, qui voit aussi la mère de son maître, fait signe aux postillons de ne pas aller plus loin. Un homme d'une figure admirable, mais d'une pâleur mortelle, met la tête à la portière. « Pardon, ma mère, dit-il, si je ne descends pas; je suis un peu souffrant : je vais vous attendre au château. — Mon fils s'est battu, mon Charles est blessé! » Et elle tomba sans mouvement dans les bras d'Henriette.

Déjà la voiture s'était remise en marche, et le jeune homme n'avait pas eu le temps de voir que sa mère s'était évanouie. Tous les domestiques s'empressent pour venir au secours de leur maîtresse; et, n'ayant rien là pour la faire revenir, ils lui font un brancard de leurs bras et l'emportent. Henriette lui soutient la tête; elle éprouve un saisissement qui la jette aussi dans un

grand trouble.... C'est là le comte :
quand sa mère ne l'eût pas nommé,
pouvait-elle le méconnaître ? Sa pâleur , son regard mourant ne lui
ôtaient pas sa ressemblance avec le
tableau de Vernet : mais pourquoi
lui était-il offert sous l'emblême
de la douleur ? était-ce pour le rendre plus dangereux encore ? Car
une âme comme celle de Henriette
est sans défense contre la pitié. « Il
est blessé , à dit la comtesse ; l'est-il
dangereusement? comment a-t-il ris-
qué un si long trajet ? et cette tendre
mère ! quel effroi le changement de
son fils lui a causé ! Mon Dieu !
n'était-ce pas assez de mes peines ?
me destinez-vous à partager celles
de ma bienfaitrice? Je sens , à l'é-
motion qu'elles m'inspirent, que
j'aurai bien moins de courage pour
y résister que je n'en ai eu pour les
miennes ! »

Enfin l'on arriva au château. Dé-

jà Picard avait conduit son jeune
maître dans son appartement. Les
femmes qui étaient restées à la maison, et qui toutes prenaient un grand
intérêt au comte, s'étaient empres-
sées de se rendre auprès de lui , et
toutes étaient effrayées de voir ses
habits couverts de sang qui coulait
encore au travers des linges qui
paraissaient bander une plaie qu'il
avait au côté. « Eh! mon Dieu! monsieur le comte, disaient-elles toutes
à la fois, que vous est-il donc arrivé?
—Rien, mes chères amies, ce ne sera
rien, seulement laissez-moi mettre
au lit.» Picard et Bellanger s'empressent de le déshabiller : mais quel
fut leur effroi quand le mouvement
qu'ils firent pour ôter son uniforme
lui causa une hémorragie qu'ils ne
savaient comment arrêter !

Cependant M. de Sénange avait
aperçu la jeune personne qui était
auprès de sa mère dans le bosquet ,

et sa beauté l'avait frappée ; aussi demandait-il à Picard qui elle
était, quand à cet instant madame
de Sénange entra, s'appuyant sur
le bras d'Henriette. Elle avait repris sa connaissance avant d'être
arrivée au château. Se rappelant
que c'était son fils qui lui avait causé cet évanouissement par sa pâleur,
elle voulut aussitôt le voir et s'assurer quelle était la cause qui avait pri-
vé Charles de ses couleurs. Mais, loin
d'être rassurée par sa présence, elle
sentit redoubler son effroi quand
elle le vit baigné dans son sang :
soudain, l'amour maternel, cet
amour si actif pour secourir l'objet
de son affection, lui donne la force
de surmonter ses alarmes. S'ap-
prochant de Charles, elle lui dit :
« Vous êtes blessé, mon fils, et vous
vous exposez à voyager sans vous
être fait panser ! — Je n'en ai pas eu
le temps. — Picard, avez-vous

envoyé chercher un chirurgien ?
— Bellanger y est allé, madame. »
En attendant qu'il vînt, madame
de Sénange tint constamment la
main sur la blessure de Charles,
et mademoiselle de Salis lui passait
à mesure des linges blancs ; et en
même temps elle remarquait avec
effroi que les yeux du comte, qui
se portaient sur elle, perdaient à
chaque instant le peu qu'il leur restait de vivacité. Mais qui peindra
son effroi quand elle les vit se fermer et la tête de Charles se pencher
sur sa mère ? « Ah ! Dieu ! s'écria-
t-elle, il se meurt ! — Mon fils !
mon fils ! Ah ciel ! prends pitié de
moi ! » Le chirurgien arriva heureusement au même moment ; il
supplia madame de Sénange de s'é-
loigner un instant, tandis qu'il le-
verait l'appareil. Henriette entraîne
la comtesse dans l'autre extrémité
de la chambre, et la supplie de se

ménager pour ce fils qui lui est si
cher. « Il va mourir, répond cette
tendre mère ; qu'ai-je besoin de lui
survivre ? »

Le chirurgien lève l'appareil,
trouve une plaie profonde, et
qu'une route assez longue avait
envenimée ; après l'avoir bandée,
il saigne le blessé qui revient à
la vie et demande sa mère. On la
laisse se rapprocher de son fils qui
qui voulait lui apprendre le sujet
du combat où il avait reçu cette
blessure ; mais le chirurgien n'y
consentit point, et ne permit à
la comtesse de rester auprès du malade qu'à condition qu'elle ne lui
parlerait pas, et que surtout elle ne
lui laisserait pas dire une parole.
Il fallut donc qu'elle se contentât de
regarder celui qui lui était si cher
et qui toujours lui donnait de nouveaux sujets d'alarmes.

M. Egerton, en recevant la nouvelle de ce triste évènement, se rendit au château. Sa présence n'effraya pas le comte : il l'aimait infiniment et il écoutait toujours avec plaisir ses avis que la fougue des passions l'empêchait seule de suivre. Ce digne pasteur parla de Dieu, et on lui répondit avec soumission à sa volonté : mais il ne crut pas devoir porter plus loin ses exhortations et recommanda seulement qu'on vînt l'avertir à quelqu'heure que ce fût, s'il y avait un danger pressant.

Le chirurgien, interrogé par le curé, par Picard et par tous les domestiques, dit qu'il ne pouvait répondre de rien avant trois jours, qu'il passerait la nuit au château et qu'il ferait encore au moins deux saignées au malade ; ces nouvelles causèrent la plus vive douleur dans toute la maison. On les cacha à madame de Sénange. Henriette, à

qui on en avait fait part, avait toutes les peines du monde à dérober
ses alarmes. La nuit fut mauvaise.
La fièvre était très-forte, la poitrine oppressée. Le chirurgien crai-
gnit que le sang ne s'y épanchât.
Cependant la troisième saignée parut avoir donné quelque soulage-
ment.

Madame de Sénange et Henriette
ne s'étaient point couchées ; la dernière avait servi le malade comme
une véritable fille de St.-Vincent de
Paul ; et il était aisé de voir que ses
soins étaient agréables au blessé, qui
le lui aurait témoigné si l'ordre du
médecin ne l'avait forcé au silence.
Enfin, après trois jours d'un danger
éminent, le docteur répondit de la
vie du comte, et sa mère acquit en
même temps la certitude qu'il gué-
rirait et la connaissance du danger
qu'il avait couru. Semblable à cet
homme à qui son cheval avait fait

franchir un abîme au milieu de la
nuit et qui pensa mourir de peur
quand on le lui dit, cette malheureuse mère, quand elle fut infor-
mée qu'elle avait été trois jours au
moment d'être privée pour jamais
de son fils, éprouva une telle révolution qu'elle fut elle - même en
danger.

Henriette se partagea entre ces
deux êtres qui l'intéressaient peut-
être autant l'un que l'autre. Elle
ne considéra pas un instant l'extrême fatigue que ces soins lui causaient. Elle exigea que madame de
Sénange fît monter un lit dans la
chambre de son fils, et, pour elle,
pendant dix nuits elle ne se désha-
billa pas, dormant seulement quelques heures sur un lit de repos
dans le cabinet de Charles. Mais,
pour peu qu'elle entendît lui ou sa
mère se plaindre, elle se levait aussitôt, ne s'en rapportant pas aux soins

de celle des femmes de la comtesse qui veillait avec elle.

La mère et le fils se trouvaient enfin dans une situation rassurante, et il leur fut permis de s'entretenir de ce qui les intéressait vivement l'un et l'autre. M. de Sénange raconta à sa mère qu'ayant été instruit que celle pour qui il avait fait tant de folies, le trahissait pour le chevalier de Rembrune, il avait pris la résolution d'en tirer vengeance. « Je me rendis chez Pauline, ajouta le comte, comme j'avais coutume de le faire, et lui dis qu'ayant reçu de vos nouvelles, j'étais obligé de partir pour Lausanne dès le soir. A cela, cette femme joua le désespoir, feignant d'imaginer que je ne pouvais m'éloigner si promptement que parce qu'il était question d'un mariage pour moi ; que, si je rompais avec elle, elle en mourrait. Cet excès

de fausseté m'indigna et m'irrita
encore plus contre mon rival ; car,
je ne saurais vous le cacher, je l'ai-
mais encore assez pour en être jaloux ; je ne pouvais supporter l'idée
qu'elle fût à un autre que moi , et
que surtout elle se moquât de moi
avec celui qu'elle me préférait. Je
résolus donc de la punir dans l'objet de sa nouvelle passion, et je
n'eus pas d'autre pensée que d'ôter
la vie au chevalier ; mais , aupara-
vant, je voulais être convaincu de
l'infidélité de Pauline. Je me cachai,
sans qu'elle pût s'en douter , dans
une grande armoire à porte-man-
teau , dont un battant ouvrait dans
l'antichambre, l'autre dans la chambre à coucher, de manière qu'é-
tant entré par en dehors de la chambre, je pouvais passer par l'autre
porte à l'instant où je le voudrais.

« J'entendis la perfide dire à sa
femme de chambre d'avertir le

chevalier, qu'elle était débarrassée de moi pour deux ou trois jours. Elle vanta à cette fille les grâces de son nouvel amant, et fit de lui et de moi un parallèle très-peu flatteur pour moi ; quelques momens après, j'entendis entrer M. de Rembrune, et, comme la conversation s'animait assez pour que Pauline ne pût nier son infidélité, je sortis aussitôt par cette porte qu'on n'avait pas songé à fermer : *Monsieur,* dis-je au chevalier, *il n'est question ici que de se couper la gorge. Je conçois que c'est un rendez-vous moins gai que ceux multipliés que madame vous accorde pendant mon absence ; mais ce ne sera que différé ; quand vous m'aurez tué, vous serez libre auprès de notre Hélène.* Pauline, pour m'empêcher de suivre ce dessein, me voulut prouver que ce n'était que la pure et simple amitié qui amenait

M. de Rembrune auprès d'elle. —
*Oui, vous avez raison, minuit est
l'heure des chastes relations de pure
amitié; mais finissons, les discus-
sions m'ennuient ! M. le chevalier
est-il prêt ? — Oui.*

«Il y avait à la porte une voiture
de place qui avait amené le chevalier, parce qu'il ne voulait pas, à
cause de son oncle, que l'on sût où
il allait. Nous montâmes dedans, et
nous nous rendîmes derrière les
Terraux ; nous avions chacun nos
épées, et la partie s'engagea. Je faisais mieux des armes que lui ; aussi
sa vie fut bientôt dans mes mains ;
je lui fis remarquer qu'en avançant
de deux doigts, je lui perçais le
cœur. Alors, détournant les yeux
pour ne point voir le danger qu'il
courait, il me perça de son épée.
Indigné de ce manque de délicatesse, je me laisse emporter par la
colère, et j'enfonce ma lame dans

sa poitrine : nous tombons l'un et l'autre. Bellanger et son domestique que nous avions amenés accourent. Mon valet de chambre qui avait pris des précautions en cas que je fusse blessé, bande ma plaie qui, à cette époque, saignait peu; et, me mettant dans le fiacre, lui dit de marcher jusqu'à la première poste, en m'assurant que je n'avais pas un instant à perdre pour gagner la frontière; que le chevalier était mort. J'étais tellement animé contre Pauline, qu'à cet instant je ne fus sensible qu'à l'idée qu'elle serait désespérée de la mort de son amant, et cependant je pensai que Bellanger avait raison.

« Arrivés à la poste, il demanda s'il y avait une chaise que l'on pût acheter le prix qu'on en voudrait. Le maître de poste céda la sienne ; on m'y transporta, car je pouvais à peine me soutenir. On ne me fit

3.

aucune observation, parce que j'é-
tais connu depuis ce relais jusqu'à
Sénange. Je ne suis pas descendu de
voiture. Bellanger courait en avant,
me faisait préparer un bouillon ; je
le prenais nonchalamment, et j'ai
ainsi suivi mon chemin. Je me sen-
tais extrêmement affaibli par le sang
que je perdais. Enfin c'est une chose
miraculeuse que j'aie pu arriver jusqu'ici. Je voudrais seulement à présent savoir s'il est vrai que le chevalier soit mort, car il s'est fait en
moi une telle révolution, que je
sens à présent que j'en serais très-
fâché, et que, dût-il être le plus
heureux du monde avec l'ingrate
Pauline, je le préférerais mille fois
au malheur d'avoir ôté la vie à mon
semblable. — Ah ! je reconnais,
à ce trait, mon fils ! Je vais écrire,
sur-le-champ, à une personne de
mes amis qui demeure à Lyon ; je
lui demanderai de s'informer des

nouvelles du chevalier, et j'espère, mon ami, que nous apprendrons qu'il est, comme toi, en parfaite convalescence. Puisse ta guérison morale et physique être radicale ! — Ah ! ma mère ! il est des tempéramens si malheureux, qu'ils ne sont guéris d'un mal que pour retomber dans un autre, quelquefois plus dangereux. »

La comtesse n'eut pas l'air d'avoir entendu le sens de cette phrase; il n'échappa pas à Henriette, et cette conversation à laquelle elle avait assisté, l'avait jetée dans une telle rêverie, qu'elle n'entendit pas la comtesse qui la priait d'appeler Bellanger parce que son fils voulait se lever, et se mettre auprès de la fenêtre, sur une ottomanne. Enfin, réveillée en quelque sorte, elle se leva, avertit Bellanger, et, ne devant pas être en ce moment dans la chambre du comte, elle se retira dans la sienne , où elle se livra à toutes les réflexions que devait naturellement lui inspirer le récit touchant qu'elle venait d'entendre.

CHAPITRE XXXII.

Les effets de la sympathie.

Dès que Charles fut placé sur ses coussins, il pria sa mère de s'approcher, et lui dit : « Voilà dix jours que je suis ici ; depuis ce temps, un ange que je n'avais jamais vu près de vous ne vous a pas quittée, et m'a rendu les soins les plus affectueux. Tout annonce en elle une naissance distinguée; son langage est aussi pur qu'élégant. Sa beauté est parfaite, et ses grâces modestes en relèvent l'éclat. Enfin, vous le dirai-je, ma mère, je n'ai rien vu d'aussi parfait; mais qui

est-elle ? Par quelle raison est-elle
près de vous ? Qui vous l'a fait connaître ? — Tu me fais tant de questions à la fois, mon bon Charles,
que je ne sais à laquelle répondre.
Cependant je vais te dire tout ce
que je sais de cette jeune personne:
tu vois qu'on la nomme Henriette;
elle dit qu'elle ne se connaît pas
d'autre nom. Elle est venue il y a
près de quatre mois pour chercher
un asile chez Mathurin , promet-
tant de payer sa dépense par son
travail. Tu connais Brigitte : elle
l'a très-mal reçue : notre bon curé
a recueilli cette pauvre enfant , il
l'a gardée deux mois , puis il m'a
offert de la prendre pour m'aider
à tenir ma maison. Il m'a dit d'elle
beaucoup de bien, et, depuis qu'elle
est avec moi, je n'ai trouvé en elle
que des qualités précieuses et une
extrême modestie. Voilà, mon ami,
tout ce que je puis t'apprendre de cet

ange qui n'a, à ce qu'il paraît, aucuns parens. Elle a perdu, il y a
quelque temps, celle qu'elle appelle
sa bienfaitrice, mais dont elle tait
le nom. » Le comte parut affligé de
ce que sa mère lui disait ; il fut un
temps où, au contraire, il en eût été
enchanté. Une belle personne sans
fortune, sans parens, que pour-
rait-on désirer de mieux, pour
espérer de la séduire ? Quel est
donc le sentiment qu'Henriette fait
éprouver à Charles ? Il s'afflige qu'elle
n'ait pas une naissance connue ;
que le plus grand dénuement l'ait
amenée dans le village ; qu'elle ait
été repoussée de la ferme, reçue
par charité au presbytère. Qu'est-
ce que cela lui fait ? en est-elle
moins demoiselle de compagnie de
la comtesse ? n'est-il pas à même
de chercher à lui plaire ? et, comme
je le disais tout à l'heure, la pauvreté, l'abandon de l'orpheline

3..

pourront ajouter à la témérité de
Charles. De quoi est-il donc affligé?
Je m'en doute ; mais je laisse au
lecteur le plaisir de le deviner.

Etonné lui-même du sentiment
qu'il éprouvait, il eût voulu que sa
mère fût entrée dans beaucoup d'autres détails sur cette Henriette ;
mais il n'osait l'en prier. La comtesse lui avait dit : « Je n'en sais pas
davantage. » Il lui vint une idée
qui le tranquillisa. « Le curé sait
certainement qui elle est, parce
que sans cela il ne l'eût pas présentée à ma mère. Il me le dira
quand je l'aurai instruit du motif
qui me fait désirer de connaître qui
elle est. D'ailleurs, ce n'est pas pour
moi ; qu'ai-je besoin de savoir rien
de plus? Elle est belle, vertueuse,
bien élevée ; que me faut-il encore
pour jouir de l'agrément de sa société ? car je ne puis vouloir autre
chose. Je respecte trop ma mère

pour lui manquer aussi essentielle-
ment en cherchant à détourner du
chemin de l'honneur une jeune
personne qu'elle a prise sous sa
protection : quant à porter plus
loin mes prétentions, je ne suis
pas encore assez fou pour cela, et
ce n'est pas moi qui ai refusé les
plus grands partis par amour de la
liberté, qui irais....... Non, je le
répète, je ne suis pas assez fou !»

Pendant que le comte de Sénange s'occupe ainsi d'Henriette,
je parie que celle-ci pense à lui.
Elle a été très-peu contente de
l'histoire de la comédienne. On
avait beau lui dire que Charles
était ce qu'on appelle dans le monde
un mauvais sujet fort aimable, elle
ne croyait point qu'il eût porté si
loin les folies que l'on est convenu
de passer aux très-jeunes gens.
Charles, à vingt-cinq ou vingt-six
ans, se ruinait pour une comé-

dienne ! il a exposé sa vie , tran-
ché les jours de son camarade, pour
se venger de l'infidélité d'une femme
dont il payait le déshonneur ! Voilà
des choses qu'Henriette ne pouvait
concevoir.

« Il est profondément affligé de
la mort du chevalier. Il a changé
de manière de sentir depuis peu,
dit-il ; il semblait vouloir m'en ren-
voyer l'honneur; et comment cela
pourrait-il être? Je ne lui ai parlé que
pour lui offrir ce qui est nécessaire
dans le triste état où la maladie l'a
réduit. O mon Dieu ! j'ai eu d'affreux malheurs; mon cœur a été
déchiré par ceux qui disaient m'aimer ; préservez-moi d'avoir inspiré
au comte un sentiment qui me rendrait la plus infortunée des femmes;
et surtout empêchez qu'il puisse jamais pénétrer le secret de mon
cœur, si j'étais jamais assez malheureuse pour éprouver un senti-

ment que j'ignore jusqu'à ce jour,
et dont je tremble d'avoir ressenti
les tristes symptômes. Quoi ! serait-
il possible que moi, qui n'ai reçu
le jour que de parens barbares, ou
dont une misère affreuse peut seule
justifier l'abandon, qui languis
sous le joug d'un jugement infamant, j'osasse aimer le fils unique
de la comtesse de Sénange, un
homme qui porte un beau nom,
qui jouit d'une grande fortune, qui
possède toutes les qualités exté-
rieures qui peuvent séduire ! Oh !
plutôt fuir ce respectable asile que
d'y porter le trouble ! Non, je n'ac-
cueillerai point des vœux que je ne
pourrais agréer, sans manquer à
l'honneur ou à la reconnaissance.
Ce ne serait jamais que des mains
de madame de Sénange que je pourrais recevoir celle de son fils........
Que dis-je ? Et le pourrait-elle sans
savoir qui je suis ; et, le sachant....

Grand Dieu ! je ne vois devant moi
qu'un abîme dans lequel vous pouvez seul m'empêcher de tomber. Si
je consultais M. Egerton... Non,
c'est impossible, il aurait à me reprocher que je l'ai trompé, ou au
moins que j'ai eu avec lui une dissimulation qu'il ne me pardonne-
rait peut-être pas : il faut mieux
garder le silence ; d'ailleurs je m'a-
buse peut-être : ce que Charles
a dit n'a, selon toute apparence,
aucun rapport à moi. L'approche
seule de la mort a pu lui inspirer des
idées de morale plus saine, et,
quant à mes sentimens, je saurai
m'en rendre maîtresse. » S'étant
fortifiée par ces réflexions, elle vint
rejoindre madame de Sénange qui
l'engagea à se reposer. « C'est inu-
tile, madame, répondit-elle, j'ai
dormi une grande partie de la nuit,
et M. le comte est assez bien à présent, pour qu'il ne soit pas néces-

saire de le veiller ; ainsi je dormi-
rai la nuit prochaine. — Vous avez
raison ; et je retournerai aussi dans
mon appartement ; nous l'aban-
donnerons aux soins de Picard et
de Bellanger qui lui sont tous deux
très-attachés. »

CHAPITRE XXXIII.

Propos de valets. Fête de la convalescence.

On reprit au château les anciennes habitudes. Seulement on fit apporter le déjeuner chez Charles, au lieu de le prendre chez la comtesse, et on fit salon dans le reste de la journée auprès du convalescent qui ne garda pas encore très-long-temps la chambre, parce qu'il s'ennuyait dans tous les instans où il ne voyait pas Henriette. De son côté, l'orpheline, pour se défendre de la pensée du trop séduisant Sénange, se remit avec

une grande application , à suivre
les détails de la maison et des terres
que l'on avait négligés depuis l'arrivée du comte, de sorte qu'elle
passait une grande partie du temps
dans le cabinet de la comtesse, soit
avec Picard, soit avec les fermiers.

Mathurin avait toujours quelque
chose à lui dire : tantôt il s'agissait
de la coupe d'une petite partie de
bois qui se trouvait dans son fer-
mage et dont la comtesse avait fait
la réserve ; il demandait qu'on l'a-
battît parce qu'il nuisait aux terres
environnantes ; tantôt c'était pour
l'évaluation du blé en argent, puis
pour demander des réparations à sa
grange, d'autrefois la reconstruction
d'un moulin que les grandes eaux
avaient emporté. Enfin il trouvait
toujours une occasion de venir causer avec la chère Henriette , qu'il
avait bien du regret que sa femme
n'eût pas voulu la garder chez elle:

«Ça m'aurait réjoui la vue, disait-il
quelquefois au bonhomme Picard;
et puis son doux parler m'aurait re-
posé les oreilles que le son de voix
de Brigitte écorche sans cesse.
Enfin, elle n'a pas voulu. Ah ! c'est
un bonheur pour cette chère enfant,
car elle est mieux au château qu'à
la ferme. — Je ne dis pas le contraire ; mais.... — Quoi ? mais. —
Il y a bien des choses à dire. Tenez,
M. Boileau, rien de pis que de sortir de son état ; Henriette est ici
traitée comme une demoiselle. —
Qui vous dit qu'elle ne l'est pas ? —
Bah ! elle s'en serait bien vantée ;
au contraire, elle ne s'est présentée
que comme une pauvre orpheline.—
C'est possible, mais faut convenir
qu'elle est belle ; c'est toujours bin
avantageux pour une femme. —
Pas tant qu'on le croirait. Vous verrez , vous verrez que sa beauté lui
portera malheur. — En quoi? —

Je ne m'explique pas, je sais bien ce que je dis. —Vous avez plus d'esprit que moi, Monsieur Picard, je n'en doute point, car je ne vous comprends pas. Ah ! ça ! il est bientôt temps de vous le demander : mais comment va M. le comte? — Assez bien; mais, comme il le disait dès le premier jour, je crains bien qu'il ne soit tombé *de fièvre en chaud-mal,* ou, comme on dit, *de Scribe en Cinna.* — Qu'a - t - il donc ? — Ah ! on ne le saura que trop tôt: ce n'est pas à moi à divulguer le secret de mon maître : demandez à Bellanger, qui n'est pas si discret que moi. N'est-il pas vrai, mon camarade, que M. Charles est plus mal qu'on ne croit? —Ah ! c'est de ces maladies qui se passent. Je lui en ai vu plusieurs. Il est vrai que celle-ci a un caractère différent des autres : elle est toute dans ses yeux; elle lui ôte la parole, même avec

moi. Il songe toujours ; puis il fait
de gros soupirs. J'ai voulu lui offrir
mes petits services, comme j'ai coutume dans cette occurrence, mais il
n'a pas seulement répondu, ni fait
semblant de m'entendre. En un mot,
je crois que cette maladie est vraiment sérieuse et qu'elle tournera
mal, car enfin... Mais le voilà qui
sonne ! je vous quitte : à revoir,
M. Boileau ; mes complimens chez
vous. — Eh bièn ! tout ce que vous
avez dit tous deux, je veux bien
que le diable m'emporte, si j'y entends un mot ! — C'est cependant
bien clair. Au surplus, cela ne nous
regarde pas. Ce n'est pas à nous à
nous mêler de ces sortes de choses.
M. le comte est assez grand pour
savoir ce qu'il veut : si sa mère le
trouve bon, ce n'est pas à nous à le
trouver mauvais. Adieu, M. Mathurin ; je suis fâché pour vous si
vous ne pouvez pas voir mademoi-

selle Henriette. Elle est occupée,
avec madame, à préparer une belle
fête pour célébrer la convalescence
de M. le comte, avec d'autant plus
de joie, que l'officier qu'il craignait
d'avoir tué se porte à ravir : et puis,
on dit que M. Charles a donné à
madame la comtesse l'état de ses
dettes, pour qu'elles soient entièrement acquittées, en abandonnant
la moitié de ses revenus : que de
plus il a envoyé à cette Pauline un
congé en bonne forme en lui abandonnant tout ce qu'il lui a donné. On
prétend qu'elle épousera ce chevalier de Rembrune. La conduite dé-
loyale de cet officier ayant été connue parce qu'il a eu la sottise de s'en
vanter, il a été obligé de quitter le
régiment. On dit qu'il débutera au
premier jour sur le théâtre de
Lyon.

« Vous voyez que voilà bien des
nouvelles. Madame a dit tout cela

à mademoiselle Césarine, sa première femme de chambre, et elle nous l'a conté. — Cela fera bien rire ma ménagère. — Ne lui parlez pas de la fête ; madame veut que ce soit un secret jusqu'à la veille. Il paraît que ce sera bien beau ! Madame dit qu'elle ne veut rien épargner pour célébrer la double guérison de son cher fils ; mais, je le dirai toujours, gare la rechute ! » Ces deux bavards se séparèrent enfin, et chacun d'eux se rendit où l'appelaient ses devoirs.

Tout ce que Picard avait dit de la suite de l'aventure de Lyon se trouva vrai : Pauline épousa réellement M. de Rembrune, qu'elle rendit très-malheureux. Ses talens pour le théâtre étaient médiocres ; il fut reduit, étant abandonné de sa femme, à courir la province. Le chagrin s'empara de lui et il mourut à Bordeaux, presque dans la

misère; fatal exemple pour les jeunes
gens qui se livrent à leurs passions !
Pauline passa, peu de temps après,
en Russie où l'on ignore quel fut son
sort. Quoique postérieur à ce qui
regarde mademoiselle de Salis, j'ai
tracé de suite tout ce qui avait rapport, dans ce récit, à ces deux mé-
prisables personnages, pour n'avoir
plus à en reparler.

Il était vrai que madame de Sénange, comblée de joie en voyant
son fils entièrement revenu de ses
anciennes erreurs et jouissant enfin
d'une santé qui était parfaite, avait
le désir de faire partager son bonheur à ses amis et à ses voisins,
par une fête dont elle communiqua
la pensée à mademoiselle de Salis.
Celle-ci ne put résister à mettre
en très-jolis vers les sentimens de
la mère la plus tendre. C'étaient
des dialogues pleins d'esprit et de
délicatesse. On distribua les rôles

qui devaient être joués par de
jeunes enfans représentant des génies : celui de la santé et ceux des
arts pour lesquels Charles paraissait prendre du goût, devaient tous
exprimer leur satisfaction du changement heureux qui s'était fait en
celui dont on célébrait la convalescence.

Henriette avait eu grand soin de
ne l'attribuer qu'à l'amour filial,
qu'elle s'était chargée de représen-
ter, comme celui qui devait, plus
qu'un autre, éloigner tout soupçon
de sentimens qu'elle-même cherchait à se cacher. Le plus grand secret fut gardé ; tout le monde était
venu sans savoir de quoi il s'agissait,
et Charles n'avait aucun doute de la
surprise qu'on lui préparait.

On était dans les derniers jours
de l'année ; les arbres qui avaient
perdu leur verdure ne pouvaient
plus prêter leurs ombrages pour une

fête champêtre ; il fallut se renfermer dans le château pour exécuter
cette allégorie. Le salon fut trans-
formé en une salle de spectacle : on
y éleva un théâtre décoré de guir-
landes avec le chiffre du fils et de la
mère, qui s'appelait aussi Henriette ;
de sorte que, par un hasard assez singulier, ce chiffre se trouvait être celui du comte de Sénange et de l'aimable demoiselle de compagnie.
Des musiciens de Lausanne avaient
été invités pour remplir l'orchestre,
et l'on avait eu l'art d'empêcher
Charles de savoir ce qui se passait
au rez - de - chaussée. Madame de
Sénange ayant retenu son fils toute
la matinée dans la bibliothèque,
sous prétexte d'en faire le catalogue,
elle ne lui permit pas même de descendre pour le dîner qu'elle fit servir dans la même pièce, dont les
fenêtres donnaient sur les jardins ;
de sorte qu'il ne voyait point tout

ce qui arrivait au château par la grande cour.

Henriette était chargée de veiller aux préparatifs : ils ne pouvaient être confiés à personne qui prît un plus grand intérêt à la réussite de la fête, tant elle était dévouée aux volontés de sa bienfaitrice.

Quand tout le monde fut placé, on vint avertir madame de Sénange qu'il lui arrivait deux dames de Lausanne. « Oh ! mon Dieu ! dit-elle, nous ne sommes habillés ni l'un ni l'autre ; je vais passer dans mon appartement, et t'envoyer Bellanger. Le valet de chambre était prévenu ; il présenta à son maître un habit à la dernière mode ; il y fit peu d'attention. Il était pressé de descendre pour voir non les dames qui étaient, disait-on, arrivées, mais sa chère Henriette, qu'il n'avait point aperçue de la journée. Madame de Sénange vint bien-

tôt le reprendre, mise avec beaucoup de recherche, et il n'y fit pas
plus d'attention. Lui ayant donné
la main pour descendre, il fut éton-
né de trouver le grand escalier
très-éclairé ainsi que le vestibule,
où se trouvaient plus de quarante
hommes de livrée. Il traverse deux
pièces qui précédaient le salon et
qui étaient aussi illuminées ; enfin
les portes s'ouvrent ; et quelle est
sa surprise de voir plus de cinquante
femmes parées avec la dernière
élégance, et placées sur des banquettes! les hommes étaient assis sur des
gradins construits au tour du salon.
Tout le monde se leva au moment
que la mère et le fils arrivèrent ;
on les fit passer sur un sopha sur-
monté d'un dais, au côté droit du
héâtre.

A peine sont-ils placés qu'une mu-
ique délicieuse se fait entendre ;
es génies ailés avec des draperies

4.

de gaze remplissent le théâtre ; tous
font leur offrande au héros de la
fête, et tous lui disent dans la lan-
gue des Dieux les choses les plus
flatteuses. Mais rien d'aussi touchant et d'exprimé avec autant de
grâces que ce que dit le beau génie
de l'Amour Maternel. On se sou-
vient que c'était Henriette qui le
représentait. Les ailes lui séyaient
à merveille, et elle avait quelque
chose de céleste dans la physionomie, qui s'accordait à ravir avec
le costume aérien du génie. Elle s'é-
tait bien gardé de faire mettre en
musique ses vers. Elle seule de tous
les génies ne chanta pas, ayant toujours dit qu'elle n'avait point de
voix ; mais la touchante prosodie de
sa déclamation fit peut-être plus
d'impression encore que si c'eût été
chanté. Elle arracha des larmes à
tous les spectateurs, et Charles, ému
jusqu'au fond de l'âme, cacha so

visage dans le sein de sa mère, pour
dérober les pleurs qu'il versait, et
qui avaient plus d'une cause; heureux à cet instant que l'amour filial
servit de voile à celui dont il brû-
lait pour Henriette.

Ce charmant intermède fut suivi
d'un ballet très-agréable, où la mo-
deste mademoiselle de Salis s'ex-
cusa de ne pas figurer, soutenant
qu'elle ne pouvait pas faire un pas
en mesure. C'est ainsi qu'elle se dé-
robait à elle-même des triomphes
qu'elle eût été si certaine de rem-
porter. Mais n'y avait-il pas plus de
gloire à plaire généralement sans
autres moyens que ceux qui lui
étaient personnels? Qu'importait à
Charles que Thérèse fût ou ne fût
pas musicienne, qu'elle possédât ou
ignorât l'art de former des pas gra-
cieux! Elle était toujours à ses yeux
la femme la plus parfaite qu'il eût
rencontrée, et chaque jour ajoutait

à l'empire qu'elle prenait sur son âme.

Bientôt le théâtre , les banquettes disparurent ; l'orchestre fut relégué à un angle du salon, et des danses se formèrent. Henriette ne dansait pas : le comte dit qu'il n'oserait pas risquer de se livrer à cet exercice; qu'il craignait que sa blessure ne se rouvrît. On n'insista pas: la jeune ordonnatrice de la fête ne lui permit cependant pas de rester auprès d'elle, car elle ne fut presque pas en place un instant, s'occupant sans cesse de tout ce qui pouvait être agréable aux danseuses et présidant à ce que les rafraîchissemens, fussent distribués avec magnificence et sans profusion. Pour remplir ces fonctions qui lui paraissaient un devoir de sa place , elle avait repris la toilette la plus simple , et cependant elle était la plus belle du bal. Tout le monde le disait, excepté

celui qui en était le plus persuadé
de tous; mais il s'était imposé la
loi de ne jamais faire connaître à
l'objet de ses adorations la vivacité
de ses sentimens.

Le bal fut interrompu par le souper le plus splendide. Madame de
Sénange s'en rapporta entièrement
à Henriette pour en faire les honneurs; car elle ne se mit pas à table.
Au moment où l'on en sortait, les
croisées s'ouvrirent, et un très-beau
feu d'artifice retarda encore de quelques instans la reprise du bal, qui
se prolongea ensuite jusqu'à cinq
heures du matin. Presque tout ce
qui avait assisté à la fête coucha au
château, et ce fut encore Henriette
qui veilla à ce que personne ne
manquât de rien. Enfin excédée de
fatigue, elle ne put se retirer dans
sa chambre qu'au jour, mais avec
la satisfaction d'avoir parfaitement
rempli les intentions de la comtesse,

qui vingt fois dans cette journée lui avait dit : «Ma chère Henriette , vous êtes admirable ; il n'y a que vous pour réunir tant de qualités essentielles et aimables. Je vous dois tout le succès de ma fète, dont je vous assure que mon fils est bien reconnaissant ! » Ainsi se termina cette journée qui acheva d'enflammer Charles de tous les feux de l'amour le plus ardent et le plus respectueux.

CHAPITRE XXXIV.

*Le crime veille, tandis que l'inno-
cence croit être hors de danger.*

TOUT subsista à peu près de la
même manière pendant le reste de
l'hiver. Charles, quoique parfaitement rétabli, prétendit ne pouvoir
rejoindre son régiment, et sa mère
se le persuadait aussi. D'ailleurs,
elle ne pouvait penser sans inquiétude que son fils, qui paraissait depuis quatre mois avoir renoncé à
tous les excès auxquels il s'était
livré depuis qu'il était au service,
retomberait sans doute dans les mêmes écarts, dès qu'il se retrouverait
au milieu de ses camarades : les

4..

mauvaises habitudes sont sitôt re-
prises, qu'elle n'était pas fâchée de
le tenir quelque temps encore éloigné d'une société où ses mœurs et sa
santé se trouvaient exposées aux plus
dangereuses tentations. Elle écrivit
donc au ministre pour obtenir une
prolongation de congé, qui ne lui
fut pas refusée.

Encore six mois sans quitter Sénange, voir pendant tout ce temps
l'aimable Henriette, tous les jours,
à toute heure du jour! que pouvait-
il espérer de plus heureux? Et Henriette ne partage-t-elle pas la joie
que cette faveur du gouvernement
inspire à sa protectrice? Cela ne
saurait être différemment; monsieur le comte est si aimable, si
bon! ses manières sont tout à la fois
si tendres, si reservées! Comment
ne pas jouir de tout le charme d'un
amour qu'on ne peut ignorer, quoiqu'il se réduise au silence dans la

crainte d'offenser l'objet d'un culte aussi pur ! « Qu'il ne sache jamais que je l'aime, se disait Henriette, voilà mon devoir. Mon Dieu, donnez-moi la force de le remplir.» Ses malheurs si cruels, si peu mérités se présentaieut alors à son imagination ; souvenir déchirant, qui suffisait pour lui assurer un empire absolu non-seulement sur ses moindres actions, mais même sur ses regards ; cependant il paraît certain que, malgré cette généreuse dissimulation, le comte ne doutait pas qu'il fût aimé ; car sans cela comment expliquer la conduite que nous lui verrons tenir quelques mois après ?

Mais, tout occupés des doux momens que notre orpheline devait à l'amour vertueux de Charles, nous oublions ses cruels ennemis. Il faut cépendant quitter un moment Sénange et ses rians tableaux pour

revoir , non sans efforts , ce qui se
passe à Genève. — Nous avons su ,
par la conversation des gendarmes
dans le bois où Thérèse courut
ce jour-là des aventures si terribles,
que Walther lui-même s'était porté
dénonciateur de sa pupille, qu'il
avait aperçue, disait-il, rôdant autour de la cité. Voici , en effet, ce
qui était arrivé : nous avons laissé
cet infâme scélérat se flattant d'être
l'heureux époux de mademoiselle
de Salis, et se livrant avec son digne cousin, à la plus dégoûtante
ivresse, à l'instant même où sa victime se préparait à fuir des nœuds
detestés. Leur sommeil léthargique
se prolongea jusqu'au lendemain
dix heures du matin. La pauvre
Gertrude désirait peut-être, au
fond de son cœur, que ces misé-
rables ne se réveillassent jamais ;
mais elle n'osait se l'avouer. Elle
avait préparé le déjeuner , tout

rangé dans la maison , quand enfin
Wolf s'éveilla. « Qu'est-ce , Walther ! tu dors encore ? réveille-toi
donc : pense que ce soir tu te ma-
ries. — Moi.....ah ! oui ! tu as raison ;
mais que diantre je ne sais , je suis
tout brisé ; est-ce que nous ne nous
sommes pas couchés ? — Je le croi-
rais. Gertrude ! — Me voilà ! que me
voulez - vous ? — Mais dis donc :
quelle heure est-il ? — Dix heures
viennent de sonner. — Du matin
ou du soir ? Du matin , vous ne
voyez pas qu'il fait grand jour. —
Ah ! oui, c'est vrai ; pourquoi, diable !
ne nous as-tu pas réveillés et envoyé
coucher ? — Est-ce que c'est possible , quand vous avez bu huit à dix
bouteilles de vin ? — Nous avons bu
dix bouteilles de vin !.... — Douze !
tenez les voilà vides. — Allons, c'est
bien ; nous as-tu fait à déjeûner ?
— Le café est prêt. — As-tu été
chez Thérèse ? — Non. — Va lui

dire de descendre déjeuner avec
nous. — Elle pourrait ne pas venir. — Ah ! je voudrais bien voir
cela!désobéir à un homme qui ce soir
sera' son époux ! — Allez-y vous-
même , moi je ne le veux pas. — Madame Wolf , je crois que c'est la
seule et unique fois de votre vie que
vous m'ayez dit une semblable im-
pertinence ; vous vous en souvien-
drez. Vous ne voulez pas ! vous
mériteriez.... ajouta-t-il en faisant
un geste menaçant : c'est bien à moi
qu'il faut dire je ne veux pas !! »

Gertrude toute tremblante se
met derrière Walther qui dit à son
ami : « Voyons, laisse cela : elle a eu
tort ; mais, puisque tu conviens que
c'est la première fois, il faut lui
pardonner ; viens avec moi chez
Thérèse ; celle-là , je l'espère, n'ose-
ra pas nous dire *je ne veux pas.* —
Vous êtes bien heureuse que le bon
M. Walther ait intercédé pour

vous ! mais que cela ne vous arrive
pas une autre fois ! » Wolf, à ces
mots, suivit Waltherchez Thérèse;
mais, lorsqu'en en entrant ils virent qu'elle n'y était pas, que les
barreaux étaient sciés, ils ne dou-
tèrent pas un instant qu'elle se fût
échappée par la fenêtre, et aussitôt
ils se mirent à faire de si horribles
juremens, que Gertrude qui tremblait encore de la peur que son mari
lui avait faite, ne pouvant pas douter
à l'éclat de leurs voix qu'ils la tueraient si elle restait exposée à leur
fureur, n'hésita pas un instant,
franchit le vestibule, le jardin,
sortit par la porte du souterain qui
donnait à travers les champs, et
s'alla cacher chez un de ses frè-
res, à deux lieues de Genève.

Walther et Wolf ne tardèrent
pas à descendre, comptant, le dernier surtout, décharger toute sa
colère sur la pauvre Gertrude. Mais,

quand ils virent qu'elle n'était pas
là, ils recommencèrent leurs blas-
phêmes, et jurèrent que la première qui retomberait en leur puissance supporterait tout le poids
de leur indignation. Cependant,
comme ils avaient des intérêts ma-
jeurs à défendre, ils réfléchirent
mûrement sur ce qu'ils avaient
à faire pour se ressaisir de leur victime. Walther ne devait rien dire
dans le premier moment, et seulement paraître seconder les justes
ressentimens d'un époux contre
une femme capable de s'enfuir la
nuit de la maison de son mari, en
ayant scié les barreaux qui fer-
maient la fenêtre de la chambre où
elle couchait; car ils convinrent de
supposer que c'était par là qu'elle
s'était évadée, et ils avaient pour
cela une raison bien importante ;
on avait pu voir descendre par cette
fenêtre; il ne fallait pas que l'on

supposât que ce pouvait être Thérèse : ainsi, il était toujours utile
de faire croire que c'était madame
Wolf qui avait ainsi cherché à se
soustraire à l'autorité de son époux,
et, par cette autorité qu'il avait sur
elle, il devait requérir la justice de
la faire chercher et réintégrer dans
sa maison. « Quant à l'autre, dit le
cauteleux avocat, il suffira de faire
entendre que vous l'avez vue près
de la ville. On mettra la gendarmerie sur ses pas, et elle sera arrêtée et conduite en prison : quand
nous l'y tiendrons, nous verrons ce
que vous voudrez bien faire pour
elle. — Elle subira son jugement !
reprit Walther ; puis, je lui offrirai
de la faire réhabiliter. Mais je suis
décidé, avant tout, pour la punir
de ce tour infâme, de la laisser condamner ; peut-être ce châtiment la
rendra-t-il moins fière. — Pour moi,
dit Wolf, je me chargerai du soin

de punir la fuite de Gertrude ; je
me la réserve seul, et, si elle rentre
une fois sous mon autorité conju-
gale, je ne crois pas qu'elle soit
tentée de recommencer pareille es-
capade. Allons, ne perdons pas de
temps, et qu'il ne soit pas dit que
des individus d'un sexe né pour vivre dans l'esclavage se soient impu-
nément moqués d'hommes comme
nous ! »Ils mirent à exécution leurs
abominables desseins; mais ils ne
réussirent pas entièrement dans
leurs odieuses machinations.

Le juge reçut la plainte du mari,
la dénonciation de son complice :
tout cela néanmoins ne faisait point
retrouver les pauvres fugitives. La
gendarmerie avait été un moment
sur les traces de Thérèse; mais sa
longue maladie chez le vieux mili-
taire la leur avait entièrement fait
perdre de vue. Wolf n'avait pas
été plus heureux pour sa femme.

Toujours cachée chez son frère, la pauvre Gertrude n'osait en sortir, et nous saurons par la suite ce qu'elle devint.

Walther, désespéré de ne pouvoir deviner où était Thérèse, résolut de parcourir toute l'Europe jusqu'à ce qu'il la retrouvât. Il crut devoir commencer par la Suisse. Il se rendit à Bâle, à Berne, à Schafhouse. Il entrait dans les plus humbles cabanes; il se faisait ouvrir les plus superbes châteaux : partout il avait une histoire prête pour justifier sa curiosité. Enfin, après six mois d'une recherche continuelle, il apprit qu'il y avait dans un château, près de Lausanne, une jeune personne dont on ignorait le nom de famille, qui était belle à ravir, et d'une douceur d'ange ; qu'elle était là comme demoiselle de compagnie ; mais que le fils de la maison en était devenu amoureux ;

qu'ainsi il serait possible qu'il l'é-
pousât. Cette relation, vraie ou
fausse, porta la jalousie de Walther au dernier degré. Il jura d'enlever sa victime du château de Sénange ; car on lui avait appris le
nom de la terre où la belle personne
qu'il imaginait être Thérèse, habitait.

Il fallait qu'il mît une grande réserve dans ses démarches, car
il pensait bien que, dès qu'elle
aurait la moindre idée qu'il fût
près d'elle, mademoiselle de Salis lui échapperait encore ; il résolut donc de s'enfermer sur le bord
du lac, dans une petite maison qu'il
loua d'un pêcheur ; il chargeait la
femme de cet homme de lui apprêter son repas. Il ne sortait point
de tout le jour, et ne se permettait
de prendre l'air que la nuit ; mais
il savait par le pêcheur tout ce qui
se passait au château, et ces détails

le mettaient dans une fureur dont
rien n'approchait.

Il passa ainsi deux mois, se con-
damnant d'avance à être séparé de
la société qu'il souillait par sa présence. Il payait très - magnifique-
ment son hôte, à qui il avait fait
accroire qu'il était un grand seigneur napolitain persécuté par les
carbonari, qui le tueraient s'ils savaient où il était : qu'ainsi il était
essentiel de ne dire à personne qu'il
habitait sa maison. Le pêcheur, qui
aimait beaucoup les ducats, promit
de se taire, et, pour désennuyer
monseigneur, il lui racontait tout
ce qui se passait aux environs, et
surtout chez madame la comtesse
de Sénange; et il le déchirait à
coups d'épingles, en lui rapportant
tous les témoignages d'amour et de
respect du comte pour une certaine Henriette, « qui vient de je
ne sais où, disait l'officieux narra-

teur. » Le nom d'Henriette dépay-
sait notre curieux. Ajoutez à cela
que la jeune personne en question
ne chantait ni ne dansait, talens
que Thérèse portait jusqu'à la per-
fection. « Allons, se disait-il quelquefois, ce ne sera point elle ! »
Puis dans d'autres instans : « C'est
elle ! je ne saurais en douter ; Thérèse seule peut être aussi belle,
aussi bonne ! » Et il attendait une
occasion favorable pour confirmer
ou détruire ses soupçons. Elle se
présenta. Mais avant de décrire les
terribles détails qui s'ensuivirent,
il faut reprendre les choses de plus
haut.

CHAPITRE XXXV.

Combats intérieurs ; séparation momentanée.

La saison rigoureuse , surtout dans les pays de montagnes , avait obligé les habitans de Sénange de se tenir presque toujours renfermés dans le château. Charles , qui aimait autrefois passionnément la chasse , prétendait que la quantité de sang qu'il avait perdu l'avait excessivement affaibli, et qu'il ne pourrait se livrer à un exercice aussi violent sans tomber malade. Madame de Sénange le croyait ; d'ailleurs sa société y gagnait infiniment : car son fils avait cent

moyens de la rendre agréable. Il
cultivait tous les arts avec succès,
et c'était bien l'effort le plus su-
blime que pût faire Henriette, de
dérober à tous les regards les talens
distingués qu'elle possédait. Combien il lui en coûtait, lorsque le
comte, qui avait une voix charmante, en feuilletant la musique,
disait : Voilà un duo que je chantais
il y a quelque temps.... (il voulait
désigner Pauline) : mais personne
ne pourrait ici faire le premier dessus ; et c'était un des morceaux
qu'autrefois Henriette exécutait
avec Ernest, et qu'elle aurait eu
mille fois plus de plaisir à chanter
avec Charles. Cependant elle con-
tinuait à taire qu'elle fût musicienne. Combien de fois, lorsque
le piano était ouvert, il fallait
qu'elle se retînt pour ne pas
faire entendre ces délicieux accords

dont elle avait charmé la société de madame de Pont-de-Vesle !

Elle voyait assez à quel point elle était aimée ; elle ne voulait point accroître un sentiment qui ne pouvait que faire leur malheur mutuel. Mais au moins elle jouissait des talens de Charles; et, lorsqu'il modulait, sur la flûte ou sur le violon, les airs de nos meilleurs compositeurs, il fallait quelquefois qu'elle s'arrachât au charme qu'il lui faisait éprouver, pour ne pas trahir le secret de son cœur. Une des plus rudes épreuves qu'elle eut à supporter avec l'air de l'indifférence, ce fut lorsque Charles demanda à sa mère la permission de faire le portrait d'Henriette. L'aimable enfant s'y refusa assez long-temps ; mais madame de Sénange l'exigea, et il fallut qu'elle vit les regards passionnés de Charles se fixer sur elle.

N'osant lever les yeux, elle était
dans un embarras qui lui rendait
les séances un véritable supplice :
elles se passaient toujours en présence de madame de Sénange,
pour qui devait être le portrait, qui
souriait quelquefois, en voyant
une vive rougeur couvrir les joues
d'Henriette, et la rendre encore plus
charmante. Ce n'est pas tout : Charles, qui voulait au moins partager
quelques-unes des occupations de
sa bien-aimée, avait insensiblement
contracté, dans les longues soirées
d'hiver, la douce habitude de lire
avec elle les scènes les plus touchantes des grands maîtres du théâtre
français. Il trouvait un indicible
plaisir à pouvoir adresser à celle
qu'il aimait les expressions les plus
tendres, dans le langage le plus
épuré, et surtout à l'entendre lui répondre ce qu'elle n'aurait pour rien

au monde voulu lui dire, si se n'eût été sous le nom d'un personnage dramatique. Il faut avoir aimé sans oser l'exprimer, pour savoir quel charme on ressent à peindre ainsi des sentimens trop réels, sans craindre aucunement de se compromettre.

Le printemps avait changé les plaisirs. De longues promenades, où toujours la comtesse était en tiers, la pêche que l'on préférait à la chasse, parce qu'Henriette n'y aurait pas été ; l'étude de la botanique que Charles voulait apprendre à celle qui la savait mieux que lui, charmaient leurs loisirs. Quelquefois aussi il emmenait sa mère seule dans le jardin, et il avait avec elle de longues et très-vives conversations, dont il revenait toujours triste et abattu.

Cependant la comtesse ne témoignait pas moins d'amitié à Hen-

5.

riette. Elle jouissait de toute celle
de M. Egerton qui la venait voir
aussi souvent que ses occupations le
lui permettaient, car il était le père
de l'orphelin, l'œil de l'aveugle,
le pied du boiteux, la main du
manchot; ses bras s'élevaient vers
le ciel pour le bonheur de la con-
trée et de celle qui en était la protectrice : mais, de tous les devoirs
attachés à son état, celui qu'il
remplissait avec le plus de joie était
de venir au château et de s'entretenir avec sa chère pupille : il lui donnait de savis qui avaient un rapport direct avec sa situation, sans
paraître, cependant, pénétrer ses
sentimens pour le comte, ni ceux
que le jeune homme avait pour elle;
mais il ne voyait pas cet amour sans
une grande inquiétude. Personne
ne cherchait à lui ouvrir son cœur;
il n'était point dans sa manière de
voir de chercher à arracher la

confiance ; il l'attendait : le moment
approchait où il aurait toute celle
d'Henriette, et ce serait pour lui un
surcroît de tourmens ; car qui ne
souffrirait pas en voyant jusqu'à
quel point cette charmante et vertueuse créature a été en butte à la
noirceur des scélérats? nous saurons
bientôt ce que le digne pasteur était
capable d'entreprendre pour la
soustraire à leurs odieuses me-
nées.

Depuis quelques jours le comte
était profondément triste ; il ne
cherchait plus Henriette ; il semblait
au contraire le fuir, et tout annonçait qu'une tempête affreuse
existait dans son sein. Enfin notre
héroïne, entrant un jour sans pré-
caution dans la chambre de madame
de Sénange, aperçut, en ouvrant
la porte, Charles aux genoux de sa
mère, fondant en larmes, et entendit
madame de Sénange lui répondre :

«Non, non! c'est impossible.—Il est donc vrai que vous me refusez? Eh bien! vous n'avez plus de fils!» Il se leva et sortit dans une telle préoccupation, qu'il ne vit pas Henriette qui était demeurée frappée d'une morne stupeur, et ne pouvait pas changer de place. Certaine, après quelques instans, de n'avoir pas été vue par madame de Sénange, elle se retira sans faire le moindre bruit et fut se renfermer dans sa chambre.

La mère du comte, bientôt rendue à l'empire de l'amour maternel, frémit des derniers mots de son fils; et, se levant avec la plus grande vivacité, vola vers son appartement : elle ne le trouve pas, redescend, rencontre Bellanger, lui demande où est son maître. « Il est monté à cheval, madame. — Et où va-t il?—A Lausanne, où il m'a donné ordre de l'aller joindre. » Cette

réponse calma une partie de ses
alarmes; elle donna ordre qu'on mît
les chevaux, entra chez elle, et
chargea Césarine de faire ses malles.
Pendant qu'on apprête son départ,
elle va trouver Henriette et lui apprendre qu'elle sera absente environ
quinze jours : mais sa porte est fermée en dedans. Elle frappe ; on est
quelques momens sans ouvrir. Enfin
mademoiselle de Salis se présente ;
elle est très-abatue : on voit qu'elle
a beaucoup pleuré. Madame de Sénange ne paraît pas s'en apercevoir,
l'embrasse, lui recommande le soin
de la maison pendant qu'elle sera
à Lausanne, où elle doit passer plusieurs jours, promet de lui écrire
celui de son retour, donne quelques
ordres à Picard, et lui dit d'aller,
de sa part, engager M. et madame
Egerton à venir dîner avec Henriette. Celle-ci fut très-sensible à
cette attention, et acompagna la

comtesse jusqu'au moment où elle monta en voiture.

L'effort qu'avait fait mademoiselle de Salis, pour dérober ses pleurs à madame de Sénange, lui fit mal. Elle fut souffrante toute la matinée, et Picard, qui la vit très-changée, lui dit : « Mademoiselle Henriette, vous avez du chagrin : c'est bien fait pour ça; à votre âge, on a le cœur sensible ; mais que voulez-vous ? madame la comtesse ne peut pas faire autrement ; elle a de vieux préjugés, et ce n'est pas étonnant, elle a été élevée là dedans..... — Je ne sais, mon cher M. Picard, ce que vous voulez dire. — Ah ! que vous m'entendez bien ! mais tenez, si vous voulez que je vous parle franchement, comme je pense, vous êtes dissimulée. Il y a toujours, comme qui dirait, un crêpe autour de vous ; on ne voit qu'au travers. — Je ne conçois pas qui vous donne

cette idée!—C'est que vous êtes mys-
térieuse de la tête aux pieds ; et,
voyez-vous, c'est ce qui fait que madame la comtesse ne peut pas, en
honneur et conscience....—Je vous
prie, M. Picard, de cesser des propos qui me sont désagréables, et
que vous ne vous permettriez pas
en présence de madame de Sénange.
—Vous vous fâchez; dame ! on a des
yeux, on observe.—Gardez, je vous
prie , vos observations pour vous.
Ayez soin de faire fermer l'appartement de madame la comtesse , et
celui de M. son fils. M. et madame
Egerton viendront-ils ? — Ils m'ont
dit qu'ils me suivaient. — On mettra le quartier de chevreuil et le coq
de bruyère ; le reste du service ,
comme de coutume. — C'est bien
tout ce qu'il faut? — Recommandez
que le café soit bien chaud et très-
bon; madame Egerton l'aime beaucoup. — Du vin de France ? — Oui;

c'est l'intention de madame, que l'on traite bien notre digne pasteur.» Picard eût bien voulu forcer Henriette à parler; mais il reconnut que c'était impossible, et, comme le besoin de faire part de ses observations étaient chez lui une maladie, il alla à la ferme pour causer avec Brigitte.

Je ne rapporterai pas ce qu'ils se dirent; on s'en doute. Brigitte commençait à revenir sur le compte d'Henriette ; mais sa bienveillance n'allait pas assez loin pour lui faire supporter l'idée que le comte en fît sa femme. La seule pensée la mettait en colère. Picard, qui était assez de son avis, l'excitait encore, et ils querellaient tous les deux le bon Mathurin, qui trouvait Henriette la personne la plus accomplie qu'il eût encore rencontrée.

Le pêcheur se trouva là par hasard ; il avait vendu du poisson à la fermière et il buvait un pot de bière par - dessus le marché. Il entendit toute la conversation dont il ne se mêla pas; mais il pensa qu'il en amuserait son hôte. Il ne tarda pas à le joindre, et lui apprit que la mère et le fils étaient partis pour quinze jours ou trois semaines, et que la belle, qui était restée au château, pleurait toujours.

M. et madame Egerton vinrent comme ils l'avaient promis. Surpris l'un et l'autre de la profonde tristesse de leur chère Henriette, ils n'osaient l'interroger; mais ils la comblèrent de témoignages d'amitié, sans pouvoir éclaircir le voile qui couvrait sa physionomie, que son extrême mélancolie rendait plus touchante encore.

Après le dîner, on descendit dans les jardins embellis des charmes du printemps; toute la nature semblait parée pour les noces de Flore

et de Zéphire. Les oiseaux chantaient
l'hymne de l'hymen : les jeux des
enfans avaient plus de vivacité , le
vieillard moins de pesanteur. Henriette seule paraissait insensible à ce
délicieux moment de l'année; mad.
Egerton, qui eût pu être son aïeule
et qui souriait encore à la verdure
nouvelle , lui faisait des reproches
de son indifférence pour cette délicieuse saison. « Hélas ! lui répondit-elle , qu'est-ce pour moi que le
printemps? Je pourrais me servir
des expressions qu'une femme d'un
grand talent met dans la bouche
d'un de ses personnages : *j'unis les
jours aux jours , et cela fait un an,
puis deux , puis la vie* (1). Mon sort
est accompli, je n'ai plus d'avenir.
— Comment pouvez-vous, mon
enfant , vous abandonner ainsi au

_____

(1) Madame de Staël.

désespoir? Est-ce donc à dix-huit ans que l'on peut croire sa carrière finie? — Plût au ciel qu'elle le fût ! — Henriette, je ne vous ai jamais vue dans cet abattement ; le voyage de madame de Sénange ne sera pas long ; elle m'écrit qu'elle sera ici à la fin du mois. — Elle reviendra !..... » Henriette fit un profond soupir et s'arrêta. « Sûrement elle reviendra ; quant à son fils, je crois qu'il est temps qu'il retourne à son régiment.—Heureuse, s'il ne l'avait jamais quitté ! — Il y retournera , ma chère fille, et vous retrouverez, auprès de madame de Sénange, cette amie sincère que vos qualités personnelles vous ont acquise en elle : du courage ! la récompense de la vertu ne s'acquiert qu'à ce prix. Votre conduite a été admirable jusqu'à présent; voulez-vous en diminuer le mérite, en vous laissant aller à une douleur dont la malignité

aurait bientôt trouvé la cause se-
crète?On serend toujours maître de
soi-même, quand on réfléchit sur
sa position, et que l'on préfère ses
devoirs à tout. D'ailleurs, qu'est-ce
que les affections humaines ? un
souffle qui passe, et dont il ne reste
pas même de traces. Tout ce qui
finit est changeant par sa nature. Il
n'est de digne de notre amour que
celui qui est toujours le même, et
dont la possession doit faire un jour
notre éternel bonheur.Confiez-vous
à lui, mon enfant, il ne vous aban-
donnera pas. » Henriette, un peu
humiliée de s'être laissé voir aussi
faible, prit la main de madame
Egerton, et la posa sur son cœur.
« C'est en vain, mes dignes amis,
que le cœur s'irrite contre la loi
que le devoir lui impose. Je jure,
par les mânes de celle qui me tint
lieu de mère, que jamais je ne
laisserai échapper le fatal secret de

mes sentimens, et qu'il restera
enseveli avec celui de mon existence.
J'ai été, je l'avoue, abasourdie par
ce départ : j'ai douté un instant
si ce n'était pas à moi de quitter
cette maison.—Ce serait une ingra-
titude; ce serait dire à madame de
Sénange que vous ne tenez point à
elle: qu'importe le départ de Charles;
ne doit-il pas se rendre à son corps?
Il sera temps, lorsqu'il devra revenir
à Sénange, de savoir ce que sa mère
croira de plus prudent : ce ne sera
pas avant dix-huit mois; ainsi vous
avez le temps d'y réfléchir. »

Henriette promit à ses dignes amis
de se conduire entièrement d'après
leurs avis, et de faire tous ses efforts
pour qu'on ne pût pas lire dans son
cœur. Mais, lorsqu'elle faisait tout
ce qui était en elle pour surmonter
sa douleur, elle en eut encore une
nouvelle cause en recevant la lettre
que je joins ici et que lui écrivit

madame de Sénange, quatre à cinq
jours après son départ.

« Je ne puis savoir, ma chère fille,
« quand je reviendrai ; mon fils est
« malade, j'espère sans danger ;
« mais ne venez pas ici, j'ai besoin
« de vous à Sénange ; votre pré-
« sence y est nécessaire. Vous aurez
« des nouvelles tous les jours ; je ne
« le quitte pas. Il parle souvent de
« vous. Il ne peut en parler à per-
« sonne, qui apprécie plus que moi
« vos rares qualités. J'espère qu'il
« sera en état de rejoindre son régi-
« ment, qui est encore à Lyon jus-
« qu'à la fin de mai. Peut-être irai-
« je avec lui ; car je suis sans in-
« quiétude, quand je vous sais à
« la tête de ma maison. Adieu, ma
« chère Henriette ; je vous rever-
« rai avec un grand plaisir ; vous
« pouvez seule me consoler de
« l'absence de mon fils. S'il reve-
« nait avec moi, ce qui serait en-

« core possible, je vous instrui-
« rais d'avance, de ce que vous
« pourriez faire. Surtout ne vous
« affligez pas; ménagez votre santé,
« je vous l'ordonne, par l'amitié que
« vous devez à celle qui honore vos
« vertus, et vous chérit comme la
« mère la plus tendre. »

Qui rendra les divers sentimens
que cette lettre fit éprouver à Henriette ? elle y vit un grand fond de
bienveillance dans celle qui l'écrivait ; mais elle ne voulait pas néanmoins qu'Henriette vînt partager
ses soins auprès de son fils, et ce fils
était malade ! l'était-il sérieuse-
ment ? Dieux ! si elle avait l'affreux
malheur de le perdre ! Quoi ! elle ne
pourrait pas recueillir son dernier
soupir, et exhaler son âme avec la
sienne !

Après avoir passé tout le jour dans
ces douloureuses réflexions, sans
cependant interrompre ses devoirs,

elle répondit le lendemain à la comtesse, avec toute la sensibilité et
toute la soumission que cette dame
pouvait attendre d'elle; mais elle
était dans une situation extrêmement douloureuse, imaginant sans
cesse l'ami de son cœur, souffrant
et malheureux, sans oser adoucir
ses peines. Cependant elle se confiait
à la tendresse maternelle ; elle savait avec quelle passion madame de
Sénange aimait son fils; combien
elle était capable de ces soins délicats
qui n'appartiennent qu'aux femmes
sensibles. Quelquefois elle se trouvait heureuse que le comte se fût
éloigné. Car, s'il avait rompu le silence, qu'aurait-elle pu lui répondre ? Hélas ! Comment lui apprendre la cause de son extrême
retenue ? Comment lui dire : *je suis
innocente et condamnée; vertueuse
aux yeux de Dieu, flétrie à ceux
des hommes*. Ah ! plutôt mourir
que de faire un semblable aveu !

Plusieurs jours se passèrent. Ma-
me de Sénange avait écrit à Hen-
ette que le comte allait mieux,
l'ils reviendraient plus tôt qu'ils
l'avaient dit ; que, peut être, au
eu de se rendre au régiment, il quit-
rait le service et viendrait se fixer
tièrement à Sénange ; mais qu'il
e fallait pas encore en parler ; que
ne serait décidé que dans deux
u trois jours ; et qu'aussitôt que ce
arti serait définitivement pris, elle
e lui écrirait. « Oh ! mon Dieu !
uel est-il ce parti ? Quoi ! madame
e Sénange consentirait-elle ?........
ue deviendrai-je alors ? ce qui
erait la suprême félicité d'un autre
omblerait ma misère ! Oh ! non ;
harles, toi que j'adore, n'obtiens
as de ta mère un aveu qui ne ser-
irait à rien pour ta félicité, et qui
e déchirerait le cœur ; car il
audrait te fuir. A cette seule pensée
je me sens mourir ! ! ! »

~~~~~~

CHAPITRE XXXVI.

L'amour l'emporte sur l'orgueil
Les fiançailles ; comment inte
rompues.

————

Dès que le pêcheur avait appri
à Walther que la jeune personn
qu'il croyait être Thérèse, se trou
vait seule au château , il y serai
venu , s'il n'eût pas été retenu dan
son lit par une attaque de goutte;
il eût été à désirer, pour Henriett
et pour ses amis, qu'il fût mort.
Mais, comme ç'eût été un supplice
trop doux pour son crime, la justice du ciel lui conserva la vie afin de
le livrer à la vengeance des lois. Il

t en état de marcher quatre à
nq jours après : pendant que le
écheur et sa femme étaient allés
r le lac, il sortit de la cabanne
. vint rôder autour du château,
nerchant à parler à quelque domes-
que, pour qu'il l'introduisît auprès
e mademoiselle de Salis, qui était
in de le croire aussi près d'elle.

Il était au plus huit heures du
natin, quand le facteur apporta
es lettres. Il en remit une à Picard
t l'autre à notre orpheline. Elles
taient toutes deux de la comtesse.
Henriette se retira dans sa chambre
our lire la sienne. Picard rompit le
achet de celle qui lui était adressée,
rit ses lunettes, et allait lire, quand
Mathurin arriva. « Ah ! c'est vous,
non cher ; tenez, voilà du nouveau. — Qu'est-ce? — Je n'ai encore
u que les premières lignes, et puis
'est peut-être un secret. — Un secret ! Cela finira par se savoir; con-

tez-le-moi en attendant. — No
pas, s'il vous plaît; d'ailleurs, je 1
vous dirais pas grand'chose; seul
ment je conjecture....—Et qu'est·
que vous conjecturez?

« D'abord voici deux lettres : u
pour M. le curé, l'autre pour
notaire. Hem? entendez-vous cela
— Mais oui, je comprends; un cur
un notaire, quand on est près d
mourir, c'est pour mettre en ordr
les affaires du ciel et de la terre
quand on se porte bien, ça resse
ble beaucoup à un mariage. — J
vous dis, mon cher, il y a du no
veau. M. le comte s'est en allé il y
douze à quinze jours, comme vou
savez, tout désespéré. Madame
couru après lui ; ils se seront en
core disputés :—*Je le veux !*—*Je n
le veux pas!*—Le jeune homme a pri
du chagrin, est tombé malade,
et a dit qu'il allait mourir. La mère
a réfléchi : s'il meurt, je ne l'aurai

plus ; vaut mieux le voir marié à
Henriette que pas du tout : et de
fil en aiguille elle aura consenti.
Alors, voilà notre jeune maître qui
serre sa mère dans ses bras , la
couvre de larmes de tendresse et est
tout de suite guéri. —Tout cela est
donc dans cette lettre ?—Nenni ; si
cela y était, je ne vous le dirais pas;
ce serait manquer à la confiance
dont ma maîtresse m'honore ; mais
je le suppose.—Ah! c'est différent!
Eh bien ! moi, je vous dirai que j'en
serais fort aise; ne fût-ce que pour
faire enrager notre ménagère, qui
dit toujours : *cet amour-là finira
mal. Quelque beau jour on entendra
dire qu'on a renvoyé la pauvre Henriette.* Eh bien ! non : loin de là,
elle sera dame de Sénange ! c'est
cependant singulier; une fille qu'on
ne sait pas tant seulement si elle a
un père et une mère. — Oh ! cela
est à présumer. — Je veux dire...

enfin, vous m'entendez. — Sûrement ; mais, dame ! que voulez-
vous? elle est belle, douce, honnête ;
c'est beaucoup. — J'en conviens,
pour des gens comme nous ; mais
pour ceux qui sont d'une haute naissance... — Aussi est-il possible que
tout cela ne soit pas vrai. Cependant, écoutez la dernière phrase
de la lettre : « Ayez soin, mon cher
« Picard, que la chapelle soit parée;
« mettez-y six cierges et des vases
« pleins de fleurs; nous serons à Sé-
« nange à midi. » — Ah ! c'est certain; c'est une noce. Eh bien! papa
Picard, nous danserons, et nous boi-
rons ! en attendant, je m'en retourne, parce que si madame s'ar-
rêtait à la ferme.....—Oh ! elle ne
s'y arrêtera pas, il n'y a pas de danger.—On ne peut pas voir mademoiselle Henriette? — Je ne crois
pas.Elle a aussi reçu une lettre de
madame la comtesse. Elle la lit, et

vous pensez bien qu'une lettre comme celle-là, il faut le temps de se remettre...—Vous avez raison; je vous
quitte; et en effet, il s'en alla. »

Pendant qu'ils causaient, Walther, trouvant la grille ouverte, en
profita pour s'introduire dans le
parc; il se glissa entre les arbres pour
attendre le départ du fermier, et ne
le vit pas plus tôt s'éloigner, qu'il se
trouva en face de Picard, sans que
celui-ci pût comprendre d'où il sortait. « Monsieur, lui dit en l'a-
bordant l'hypocrite, j'ai bien l'honneur de vous saluer. — Bien de
l'honneur pour moi; que désire
monsieur? — Avoir le plaisir de
voir madame de Sénange. — Elle
n'est pas ici; mais elle y sera
dans deux heures; si monsieur veut
l'attendre, je vais le faire entrer
dans le salon, et j'avertirai mademoiselle Henriette, pour qu'elle
fasse compagnie à monsieur. — Ce

n'est pas nécessaire; je reviendrai
un autre jour; mais, dites-moi, cette
demoiselle Henriette , est-ce la
fille de madame de Sénange ? —
Non ; c'est une pauvre orpheline
que madame a recueillie par charité. — Et quel âge a-t-elle ?—Dix-
huit ans. — Jolie ? — Comme un
ange. — Et combien y a-t-il qu'elle
est ici ? — Environ huit mois. —
C'est elle! — Que dit monsieur ? —
Rien. Je reviendrai. — Votre nom,
monsieur?—On ne me connaît pas. »
Et il sortit du parc.

« Voilà un drôle de personnage ,
pensa Picard! Je lui avais dit quelque
chose , croyant qu'il connaissait
Henriette; mais pas du tout, il en
sait moins que moi. Au surplus, il a
une vilaine figure; je ne voudrais
pas me trouver seul avec lui, au fond
de la forêt, entre chien et loup : mais
je m'amuse là; il faut que j'aille avertir le curé et le notaire , faire pré-

parer la chapelle, et puis il faut
sûrement qu'il y ait un grand repas,
de la musique ; que sais-je ? et n'a-
voir pour tout cela que deux heures!
c'est bien peu ; mais avec du zèle
on double le temps. Ah ! voici
M. Egerton, cela m'évitera d'aller
jusque chez lui. M. le curé, j'ai une
lettre à vous remettre ; pardon, si
je ne m'arrête pas ; c'est qu'il faut
que j'aille chez le notaire en porter
une autre.

« — Qu'est-ce que cela signifie ?
une lettre à moi et une au notaire !
Voyons ce que madame la comtesse
m'écrit; » et M. Egerton lit :

« Je vous prie, mon cher pasteur,
« de me faire l'honneur de venir à
« Sénange aujourd'hui à midi ; je
« ne doute pas que vous ne soyez
« content du sujet qui vous ap-
« pelle. Je n'ai que l'instant de
« vous assurer des sentimens de
« la plus sincère estime, etc., etc.»

6.

«La tendresse maternelle, reprend le digne pasteur, l'aura emporté sur les préjugés; c'est la récompense des vertus de l'aimable orpheline ! Mais je veux la voir : sûrement madame de Sénange l'aura prévenue ; sans cela, elle éprouverait un saisissement qui pourrait être dangereux. »

M. Egerton passa au château : il allait se rendre dans l'appartement d'Henriette, quand il la vit entrer dans le salon. « Ah ! monsieur, c'est vous ! le ciel vous envoie pour me secourir dans la situation la plus pénible qui fût jamais. Venez, je vous prie, dans le cabinet de madame la comtesse, que nous puissions parler sans être ni entendus, ni interrompus. »

Dès qu'ils furent entrés, elle ferma la porte, et, tirant de son sein la lettre qu'elle venait de recevoir, elle la donna au curé. Celui-ci la lut bas; il jeta ensuite les yeux sur Henriette qu'il vit fondant en larmes. «Eh quoi ! ma chère enfant, ce qui devrait vous combler de joie vous afflige à ce point ! Expliquez-m'en la raison : j'avais cru m'apercevoir que vous aimiez M. le comte. — Il m'est bien plus cher que moi-même. — Eh bien ! sa mère consent à votre union; c'est elle qui vous en assure; c'est dans deux heures que vous serez fiancés, votre contrat de mariage signé. Qui peut faire couler vos pleurs ?—Je suis la plus infortunée des femmes ; jamais je ne serai celle du comte de Sénange. — Quoi! seriez-vous mariée?—Je suis libre ; mais il ne peut être mon époux. — Expliquez-vous, ma chère Henriette, je ne vous comprends pas. — Ah ! c'est là ce que je ne puis faire qu'en tremblant de perdre en vous, monsieur, mon seul, mon unique protecteur. — Que dites-vous, ma fille?

Une erreur, une faiblesse, où vous auriez été entraînée, vous a-t-elle ôté le droit de prendre le nom de Sénange ? — Ma vie et mon cœur sont purs, et je ne serai jamais unie à celui que j'adore. — Vos parens ont-ils été coupables, et la loi ?.... — Je ne les connais pas ; mais c'est moi ;...... un jugement...... Ah ! ciel ! je me meurs !...— Henriette, reprenez vos esprits.... Mettez plus d'ordre dans vos discours; je ne vous comprends pas : que parlez-vous de jugement? auriez-vous encouru?... — Vous voyez à vos pieds la pauvre Thérèse, condamnée et innocente. — Vous ! Thérèse !...... — Ah ! ne vous éloignez pas ! Je vous jure, en présence de Dieu, que je suis innocente ! —Levez-vous, ma fille; vous ne le seriez pas que mon minis- tère m'ordonnerait de vous enten- dre et de vous absoudre si le repen- tir effaçait aux yeux de Dieu votre

crime. Car , si vous êtes Thérèse,
cetteThérèse jugée par contumace à
Genève , toute la ville vous accuse.
— Et tous ont été trompés par un
scélérat ; mais daignez m'écouter :
vous frémirez de la trame qu'il a
ourdie contre moi. — Parlez , mon
enfant, je suis prêt à vous entendre ;
songez surtout que c'est en présence
de Dieu, que c'est à son ministre
que vous allez exposer le tableau
de votre vie entière ; si vous me
trompez , vous ne tromperez pas
le juge suprême. — Il lit dans mon
cœur et je ne redoute pas ses regards
paternels. — Parlez. »

Henriette raconta à M. Egerton,
dans le plus grand détail, tout ce
qui lui était arrivé depuis qu'elle
avait l'âge de raison ; elle lui nom-
ma madame de Ligny , Walther ,
Wolf ; lui peignit les ruses abominables de ces deux monstres, et
attendit avec la sécurité de l'inno-

cence ce que M. Egerton penserait
de son récit. Après avoir réfléchi
pendant quelques instans , ce saint
homme lui dit : « Je vous crois , ma
chère Henriette ; le mensonge ne
s'exprime pas ainsi ; mais que voulez-vous faire ? — Tout avouer à
madame de Sénange et la prier de
me faire conduire dans un de ces
pieux asiles , où de saintes femmes
se devouent à secourir l'humanité
souffrante ; j'y pleurerai toute ma
vie le malheur d'avoir connu M. de
Sénange et d'en être séparée pour
toujours. — Vous ne savez pas, mon
enfant, combien une semblable démarche serait dangereuse ; vous ne
pouvez pas prévoir l'effet que cette
déclaration produirait sur votre
protectrice et même sur le comte ;
il ne faut pas vous y exposer ; lais-
sez-vous guider : il est bien possible
que, dans très-peu de temps , ce que
vous avez grande raison de ne pas

vouloir accepter aujourd'hui devienne la chose la plus facile, et que, par l'effet naturel des circonstances, il vous soit enfin permis de combler les vœux de Charles. Il faut cacher soigneusement votre fatal secret, vous laisser fiancer, ce n'est qu'une promesse que des empêchemens non prévus peuvent rompre. — Quoi! le tromper! — Vous ne le tromperez pas, car vous avez bien dans le cœur le désir de rendre cette promesse inviolable; ce ne sera pas vous qui la romprez. — Oh! vous pouvez le croire. — Tâchez donc d'avoir le courage de passer cette journée, sans que ni le comte ni sa mère aient le moindre soupçon; lorsqu'il sera nuit, vous vous rendrez à la croix; je vous y joindrai et je vous conduirai chez ma sœur, à six lieues d'ici, en Savoie: une fois que je vous aurai mise en sûreté, j'irai à Genève, je ferai revoir

6...

votre procès , et si , comme j'en suis
sûr, vous m'avez dit la vérité, vous serez rehabilitée , vous rentrerez dans
les biens que votre généreuse amie
vous a laissés par son testament :
et alors , qui sait ? les fiançailles ne
seront peut-être pas inutiles. Je retourne chez moi , pour prévenir ma
mère. De la raison , du courage ,
une grande confiance en Dieu qui
éprouve ceux qu'il aime , mais ne
les abandonne pas!»

Henriette , fortifiée par les témoignages d'estime que M. Egerton lui
donnait , se détermina à suivre ses
avis ; elle le reconduisit jusqu'à la
grille , et , en revenant sur ses pas ,
quel fut son effroi , lorsqu'elle
aperçut Walther ! Un tremblement
universel la saisit. « Vous ne m'at-
tendiez pas ici , fille ingrate , mais
me voici, encore assez insensé pour
renoncer à toute idée de vengeance
contre vous , pour vous consacrer

ma vie, pour vous donner mon
nom ! — Moi ! m'unir à un monstre
tel que vous ! — Ecoutez, Thérèse !
les momens sont chers. Ne croyez
pas m'échapper, toutes mes mesures sont prises : je sais que vous
devez être fiancée aujourd'hui à
midi. Eh bien ! si vous y consentez,
si vous vous laissez mener à l'autel,
je vous y suis, et je vous y dénonce. — Malheureux, ne pouvez-vous
cesser de me persécuter ! que vous
ai-je fait? — Vous avez séduit ma
raison, vous m'avez forcé de vous
adorer : il faut que vous soyez à
moi, ou que vous subissiez votre
arrêt, et ne croyez pas qu'en vous
épousant j'aurais à rougir; non, Thérèse, dès que vous serez mon épouse
légitime, je ferai revoir votre procès, et j'ai toutes les preuves de votre
innocence ; j'ai plus encore, je possède votre extrait de naissance en
fort bonne forme ; vous portez un

très-beau nom , et votre fortune est très-considérable ; mais vous ne pouvez jouir d'aucuns de ces avantages qu'en m'épousant. — J'aimerais mille fois mieux porter ma tête sur l'échafaud !—Réfléchissez, Thérèse : il est encore temps ; voici toutes les preuves écrites de ce que je viens de vous dire ; « et il lui montra un gros porte - feuille qu'il portait sur sa poitrine. » Remettez-les-moi , je vous jure que vous ne serez jamais inquiété, que j'augmenterai votre fortune, de manière à ce que vous puissiez jouir tranquillement de la vie : essayez d'être honnête homme, vous vous en trouverez bien. — Non ! tout ou rien ! être à moi, ou livrée aux exécuteurs de la justice ! »

On entendit à cet instant la voiture de madame de Sénange qui entrait dans la grande cour ! Henriette frémit. « Je vous laisse, mais sachez que je ne vous perdrai pas

de vue un seul instant, et que, si dans
une heure vous ne venez pas me
trouver à cette même place, vous
êtes perdue ! » Le monstre s'enfonça
rapidement dans les bosquets et dis-
parut.

« O mon Dieu ! s'écria l'infortunée quand elle se vit seule, pro-
tège ta faible créature; si j'allais
trouver M. Egerton, le prévenir;
s'il pouvait voir Walther ! sa vertu
lui imposerait peut-être. Mais qu'ai-
je à craindre ? ne m'a-t-il pas promis de me défendre si Walther.... »
Elle ne put pas se livrer à ses réflexions. Picard vint la chercher
pour aller au-devant de la comtesse.
Elle était si tremblante, qu'elle s'ap-
puya sur le bras du vieux concierge!
« Cela, pensait-il, ne peut être autrement; un si grand changement !
mais la joie ne fait pas de mal. » Et il
hâtait sa marche. Lorsqu'Henriette
aperçut madame de Sénange, elle

voulut se jeter à ses genoux. — C'est
dans mes bras, chère Henriette ,
dans ceux d'une amie , bientôt d'une
mère , que vous devez vous précipi-
ter ». En parlant ainsi, cette tendre
mère la serrait contre son cœur.
« Ma chère enfant, ajouta-t-elle, je
n'ai pu résister à l'amour que mon
fils a pour vous ; j'espère que toute
la suite de votre vie justifiera ma
conduite. — Vous n'aurez point, madame, à vous en repentir, et jamais le
noble comte de Sénange ne rougira
d'avoir uni son sort au mien. — Le
voici, je vous laisse avec lui ; il est
naturel qu'il désire vous entretenir
seul un instant. Restez sur la terrasse; dès que nous serons tous réunis, je
viendrai vous prendre, et nous nous
rendrons à la chapelle. — Quoi !
déja vous dérober aux témoignages
de ma reconnaissance! — Rendez
mon fils heureux, faites-le jouir d'un
bonheur constant, et vous acquitte-

rez la dette du cœur. » Voyant
alors approcher son fils, elle lui dit :
« Je crois que vous ne vous plain-
drez pas de ma pruderie ; je vous
laisse tête à tête avec une assez belle
personne ; il est vrai que vous allez
être fiancés. »

Le comte, après avoir baisé respectueusement la main de sa mère,
s'approchait avec vivacité de mademoiselle de Salis ; tout-à-coup il s'arrête, et dit : «Quoi! Henriette, vous
pleurez, me serais-je trompé ; me
sauriez-vous mauvais gré d'avoir,
sans votre aveu, obtenu celui de
ma mère ? mais ce consentement
ne l'ai-je pas vu cent fois dans vos
yeux, malgré le soin que vous met-
tiez à m'en dérober la douce expres-
sion? Pourquoi donc aujourd'hui,
lorsque tout succède à mes vœux
(je n'ose plus dire aux vôtres),
vous trouvé-je profondément triste? que pourriez vous craindre? je

renonce à tout. Je ne veux m'occuper que de votre bonheur et de
celui de ma mère. J'ai envoyé ma
démission. Je passerai ma vie dans
cette paisible retraite. Cette tendre
amie m'a vu aux portes du tombeau,
quand elle croyait devoir s'opposer
à mes désirs ; je n'ai repris l'existence que lorsqu'elle a consenti à
mon bonheur ; il ne dépend plus
que de vous, et vous gardez le silence ? Vos regards inquiets sem-
blent chercher à se détourner des
miens. Est-ce donc ainsi, Henriette,
que vous répondez à tant d'amour ?
vous suis-je tout-à-coup devenu
odieux ? — Avec quelle cruauté vous
abusez de ma situation. Quoi ! vous
avec lu dans mes regards tout l'a-
mour que je m'efforçais de combat-
tre, et lorsque j'acquiers, par les
bontés de madame votre mère, le
droit de livrer mon cœur à toute la
vivacité de mes sentimens, vous.

me dites, Charles, que vous m'êtes
odieux ! plût au ciel que cela fût !
je ne souffrirais pas tant. Ce qui est
certain , c'est que je vous aime , et
n'aimerai jamais que vous , et que
porter votre nom , fussiez-vous le
dernier de ce canton , serait pour
moi préférable à l'éclat d'une cou-
ronne. Voyez d'après cela si vous ne
me faites pas un mal affreux en
doutant de mon amour! — Pardon ,
mon Henriette, mais j'ai tellement
souffert , tant que je n'ai pas eu la
certitude d'être à vous, que le plus
léger nuage me paraît un orage ef-
frayant. Mais répétez-moi ce doux
aveu. — Vous l'avez entendu ; peut-
être ai-je eu tort de le faire ; que
pourrais-je ajouter qui vous donnât
plus de certitude de mon entier
abandon au sentiment qui fera le
destin de toute ma vie ? si vous en
doutez , comment vous le faire
croire ? — Tout ce que vous dites ,

mon Henriette , est vraiment le langage de l'amour ; mais dussé-je
encore vous offenser , tout, votre
regard, votre maintien, n'en porte
plus l'empreinte ; mais non , je veux
croire que ces larmes que vous re-
tenez à peine, ces soupirs qui, malgré vous , vous échappent , ces
regards inquiets qui se portent sur
tout autre objet que sur l'amant le
plus passionné , que tout cela, dans
une âme comme la vôtre , doit avoir
une cause qui tient à votre extrême
modestie , à cette pudeur délicate
qui s'inquiète de ce qu'elle ne connaît pas encore. Oui, mon Henriette;
il faudrait être un ange pour aimer
une créature aussi pure que vous;
mais croyez que votre heureux
époux sera toujours l'amant le plus
soumis. Je vous le jure par cette
main que vous m'abandonnez avec
tant de bonté !» Tout-à-coup elle re-
tire sa main , fait un cri et va tomber

sur un banc de gazon de l'autre coté
du bosquet. «Quel nouveau caprice,
Henriette! vous n'en avez pas besoin
pour être adorée. » Henriette se levant , et posant la main sur son
cœur : « Pardonnez!.... Une douleur cruelle m'a surprise. » Voyant
alors se peindre dans les yeux de
Charles une vive inquiétude : « Ne
craignez rien, c'est passé. » Au même instant madame de Sénange, le
curé, le notaire, Picard, Bellanger,
Césarine , suivis de tous les domestiques de la maison, descendirent
le péron qui conduisait du vestibule sur la terrasse : « Venez , mes
enfans, dit la comtesse, nous allons
signer le contrat; vous serez fiancés,
et dans trois jours le mariage cou-
ronnera votre amour. »

Madame la comtesse de Sénange
achevait à peine ces mots , quand
on vit paraître Walther. C'était lui
qu'Henriette avait aperçu au tra-

vers de la charmille pendant qu'elle s'entretenait avec le comte, et son aspect avait été cause du cri qui lui était échappé. « J'avais espéré, madame, dit-il d'un ton grave à la comtesse étonnée de son apparition subite, j'avais espéré que cette imprudente ne me forcerait pas à un éclat dont je rougis pour elle. — Ah! madame ! M. Egerton ne m'abandonnez pas ! — Qui vous permet monsieur, interrompit brusquement le jeune comte, de venir porter ici le trouble? qui êtes-vous? de quel droit ?... Henriette, c'était donc lui qui avait causé vos pleurs ? soyez sans crainte ; qui oserait vous ravir à mon amour? — Moi!... parce que je ne souffrirai pas qu'un nom respectable soit entaché. — Que vous importe ? sortez, ou craignez le courroux qui m'anime !» Saisissant alors du bras gauche Henriette qu'il voit prête à s'évanouir, et tenant

de l'autre son épée , car il était en
uniforme : « Approchez, dit-il , si
vous l'osez. — C'est à madame la
comtesse que je m'adresse; la passion vous égare, jeune homme : pre-
nez, madame , et lisez. — Je me
meurs. — O mon Henriette ! ras-
sure-toi, je ne croirai que toi seule.
— Quelle horreur ! dit la comtesse
d'une voix terrible ; mademoiselle,
vous avez porté trop loin l'audace ;
sortez et ne paraissez jamais à mes
yeux. — J'ai, reprit le comte , l'âge
requis par la loi ; madame, j'en use-
rai ; et cette infortunée que le sort
poursuit sera mon épouse. — Insensé ! votre épouse , une fille qui
n'est autre que Thérèse, cette Thérèse accusée et convaincue d'un
faux , et comme telle condamnée à
un supplice infamant! — C'est impossible : chère Henriette, je n'en
crois que vous : n'est-il pas vrai que
c'est une invention de la calomnie ?

—Oui , l'accusation , mais non le jugement. »

Charles détache son bras , qui
depuis le commencement de cette
scène avait toujours été passé autour de la taille d'Henriette et va
tomber sur le banc. « Je n'ai plus
qu'à mourir , s'écrie mademoiselle
de Salis; il me croit coupable! — Ah!
comment en douter ? n'êtes vous pas
de votre aveu même cette Thérèse
à jamais flétrie? — Je le suis. — Ah!
malheureux ! qui peut avoir l'idée
des tourmens que j'éprouve? c'est
Thérèse!—Oui, mais Thérèse innocente, et ce monstre le sait bien.
C'est lui qui subirait la peine à laquelle il m'a fait condamner , si les
juges étaient éclairés.—Ils le seront,
reprit le comte en se levant avec
une extrême vivacité , ils le seront.
Je pars dans l'instant pour Genève.
Digne Egerton , je vous la confie ;
ne souffrez pas qu'on l'outrage.—

Je pourrais, M. Egerton, reprit la
comtesse avec calme, vous adresser
quelques reproches, et je m'étonne
que vous m'ayez laissé tromper par
cette indigne créature. — Respectez,
madame, la vertu malheureuse, et
réservez vos épithètes offensantes
pour ce Walther. — Walther! qui
vous a dit mon nom? — C'est mademoiselle de Salis. Vous vous nommez Walther, et vous jouez ici le
rôle d'un homme vertueux; vous
êtes seul cause des malheurs de
cette infortunée. Venez, ma chère
fille! quittez, comme vous l'aviez
résolu, cette maison; car, ajouta-
t-il, ce matin en recevant la lettre
qui assurait son bonheur, elle m'a-
vait tout appris (ici le pasteur rendit
compte du parti qu'elle avait pris),
mais rien n'est changé dans son
sort; suivez, monsieur le comte,
votre généreuse résolution, faites
triompher la vérité; et vous, ma

fille, venez chez ma mère, jusqu'à ce que nous puissions prendre d'autres déterminations. »

Thérèse, fondant en larmes, salua respectueusement la comtesse, qui ne parut pas la voir, tendit au comte une main qu'il posa sur son cœur : « A jamais à vous, dit-il. » Après cette énergique promesse, Charles rentra aussitôt dans le château, d'où il gagna les écuries, fit mettre deux chevaux à sa voiture et partit pour Genève. M. Egerton emmena Thérèse, qui reprit son nom ; et madame de Sénange resta seule avec Walther.

Celui-ci en profita pour la noircir de tous ses crimes. Il plaignit sincèrement madame de Sénange d'avoir si peu d'empire sur son fils. « Je ne suis pas fâchée, dit la comtesse, qu'il aille à Genève ; ce jugement a fait assez de bruit pour qu'il en revienne convaincu de la culpa-

bilité de cette fille, et le mépris suc-
cédera à l'amour. Mais ce que je
vous demande, M. Walther, c'est
de ne pas la livrer à la justice : je
m'entendrai avec M. Egerton pour
la faire recevoir dans un lieu de
refuge. Il me serait trop désagréa-
ble que quelqu'un qui a été admis
dans mon intimité, qui a été au moment d'épouser mon fils, parût sur
une place publique, pour y subir un
châtiment infamant. — Madame, je
remplirai sur cela vos intentions,
et je garderai le silence. — Ce sera,
monsieur, ajouter à la reconnaissance que je vous dois, de m'avoir
garantie du malheur affreux de
la voir unie à mon fils, et je vous
assure, monsieur, que je saisirai
avec empressement l'occasion de
vous la témoigner. — Vous ne m'en
devez pas, madame la comtesse,
vous ne m'en devez pas. Je n'ai fait
que remplir un devoir sacré, et si

j'avais su plus tôt qu'elle fût dans
une maison aussi respectable que
la vôtre, elle n'y serait pas restée
vingt-quatre heures. — Cela eût
été plus avantageux. »

La comtesse offrit à ce scélérat de
dîner avec elle ; il ne poussa pas
l'audace jusqu'au point de l'accepter, vu qu'il fallait qu'il retournât
à Genève, où il espérait bien ne pas
tarder à se réconcilier avec M. le
comte de Sénange, parce qu'il
reconnaîtrait bientôt la vérité de
tout ce qu'il avait dit. La comtesse lui réitéra ses remercîmens :
il fut censé partir pour Genève ;
mais, au fait, il resta caché dans la
cabane du pêcheur, pour se trouver
à portée d'enlever Henriette, dès
que l'occasion s'en présenterait.

~~~~~~~~~~~~~~~~~~~~~~~~~~~~~~

CHAPITRE XXXVII.

Réflexions tardives de madame de Sénange; Thérèse à la ferme.

———————————

MADAME de Sénange était comme les femmes vraiment sensibles, mais faibles; le premier moment de colère passé, elle se repentit d'avoir mis une aussi grande vivacité dans cette affaire : elle connaissait le caractère de son fils; elle savait qu'il suffisait qu'un individu, qui même lui était étranger, fût accusé pour qu'il le défendît; à plus forte raison une femme qu'il adorait, une femme que le vertueux Egerton disait innocente. Elle

7.

regrettait d'avoir laissé partir ce
Walther , sans s'être fait donner
de plus longs détails sur toute cette
affaire. Elle trouvait que lui-même
avait été bien pressé de la quitter ,
qu'il n'avait pas assez motivé les
raisons d'un si grand éclat. Elle n'a-
vait qu'une idée confuse de ce fa-
meux procès. Elle se rappelait cependant certains bruits assez répan-
dus à l'époque du jugement, d'après
lesquels cette Thérèse pourrait bien
être fille naturelle de madame de
Ligny ; elle savait que ses accusa-
teurs étaient précisément des héritiers de la marquise, dont Walther
était l'homme d'affaires ; qu'en
voulant défendre Thérèse , le duc
de *** s'était fait tuer par son
beau-frère ; enfin mille détails qui
devait jeter du doute sur l'équité
ou le discernement des juges. Elle
se reprochait le départ de son fils ,
à peine convalescent ; voulait partir

pour Genève , puis trouvait cette
démarche inconvenante d'après le
ton ferme de Charles , qu'au fond
du cœur elle attribuait à la situation désespérée où s'était trouvé ce
jeune homme , jusque-là si respectueux. Enfin elle résolut d'écrire à
M. Egerton ; ce qu'elle fit en termes
affectueux. Elle chargea de ce billet
le concierge , qui ne trouva pas le
pasteur au presbytère. Ce digne
homme était allé s'assurer si sa
sœur pourrait recevoir mademoiselle de Salis. Picard eût bien voulu
voir mademoiselle Henriette , mais
madame Egerton lui dit que c'était
impossible. Il ne fut pas plus heureux dans le désir qu'il avait de
s'instruire de ce qui s'était passé
depuis qu'elle avait quitté le château. Madame Egerton lui ferma la
bouche en lui disant qu'elle ne se
mêlait point de cette affaire ; que ,
pénétrée de la plus parfaite estime

pour son fils , elle devait penser ,
puisqu'il embrassait la défense de
cette jeune personne, qu'il avait des
raisons suffisantes pour la croire innocente, et qu'elle ne voulait pas en
savoir davantage. Marie était au
marché. Picard revint donc au château sans avoir rien appris ; il rendit compte à sa maîtresse de sa
commission , bien désolé de n'en
savoir pas davantage.

La comtesse , très-fâchée de l'absence de M. Egerton , l'attendit
toute la journée, qui se passa ainsi.
Elle ne dormit pas de la nuit. Elle
ne supportait pas la pensée du chagrin de son fils. Le matin du second
jour , elle reçut du comte une lettre
très-respectueuse , mais froide , où
il lui disait qu'il ne reparaîtrait à
Sénange qu'avec la justification de
mademoiselle de Salis ; qu'il avait
déjà trouvé des commencemens de
preuves de la scélératesse de Wal-

ther. Il finissait ainsi sa lettre :
«Qu'il tremble cet infâme scélérat! il
paiera cher les maux cruels qu'il m'a
fait éprouver. Un des plus sensibles,
ajoutait-il, est de m'avoir forcé à paraître révolté contre l'autorité d'une
mère, pour qui ma tendresse égale
le respectueux attachement, etc. »

Cette phrase-là était bien suffi-
sante pour faire oublier à madame
de Sénange les fautes involontaires
d'un fils chéri. Elle crut donc pouvoir enfin l'aller rejoindre, sans
compromettre la dignité maternelle ; mais elle aurait voulu voir
M. Egerton. Elle envoya Picard,
trois fois dans la journée, savoir s'il
était revenu : à la dernière, la mère
du curé lui dit :«Je suis chargée de
vous prier de présenter à madame
tous les regrets de mon fils de ne
s'être pas rendu à ses ordres ; il n'a
pas été une demi-heure au presby-

tère, et il en est reparti.... — Seul?
dit Picard. — Je ne sais. »

De retour au château, ce valet
rendit cette réponse à sa maîtresse
qui lui commanda de faire faire ses
malles. « Madame va donc en
ville?.... — Je partirai ce soir, pour
éviter la chaleur.—A quelle heure,
madame? — Sur les huit heures.
Peut-être d'ici là M. Egerton sera
revenu....» Picard n'en sut pas davantage ; il enrageait.

Heureusement pour lui, Mathurin vint au château, et ils bavardè-
rent comme de coutume. L'un disait:
«Faut en convenir, c'est bien singulier ! oser venir chez madame la
comtesse comme une fille vertueuse,
et être reprise de justice ! c'est abo-
minable ! — Eh bien ! moi, je ne
crois pas un mot de tout cela. —
Ah ! vous ne croyez pas ? Et qu'est-
ce donc que vous croyez ? Un arrêt
prononcé par un tribunal respec-

table !— Vous imaginez-vous qu'on
n'ait jamais surpris la religion des
juges? Mais je suis bien aise que
notre jeune maître ait pris le parti
de cette pauvre fille ! — Tenez, je
voudrais qu'on pendît ce Walther,
c'est un coquin, j'en suis sûr. —
L'avez-vous vu ? — Non. Que di-
riez-vous donc si vous le connais-
siez; on croirait voir le diable. Enfin,
ajouta Picard, ce qu'il y a de certain,
c'est que nous partons ce soir pour
Genève. — Vous arrêterez-vous
chez nous en passant? — Non; c'est
bon quand M. le comte chasse; c'est
pour le voir une heure plus tôt, que
madame va à la ferme ; au lieu
qu'aujourd'hui, en s'y arrêtant, elle
le verrait une heure plus tard : et
madame la comtesse n'est pas femme
à retarder le plus grand bonheur
qu'elle ait au monde, celui d'être
avec son fils. Je ne sais comment
elle a passé deux jours sans le voir.

—Allons, puisqu'il n'y a pas moyen de parler à madame , je m'en retourne à la ferme. J'avoue que dans ce moment j'y suis le moins que je peux, parce que ma chère femme ne cesse de me railler en disant que j'avais là de belles amours; qu'elle irait certainement la voir figurer à Genève , et vingt autres propos de cette nature, qui me mettent la bile en mouvement ; tenez, j'aime mieux lui céder la place que de me fâcher. — Ah ! vous avez raison;aussi, vous passez pour la perle des maris ! —Adieu, M. Picard. —Adieu, Mathurin. »

M. Égerton, certain que sa sœur voulait bien se charger de mademoiselle de Salis, jusqu'à ce que son sort fût décidé, s'était déterminé à emprunter la carriole deMathurin.

Le pasteur avait fait douze lieues à cheval dans la journée, et il était extrêmement fatigué, carle chagrin ôte les forces. Thérèse et lui partirent à la chute du jour et arrivèrent à la ferme , située précisément à l'endroit où se croisent les chemins de Genève et de Lausanne. Il pouvait être huit heures du soir ; il faisait nuit. M. Egerton frappe ; à sa voix, Brigitte dit d'ouvrir ; mais quand elle voit avec lui Thérèse, elle hausse les épaules. « M. le curé, vous êtes toujours bien venu ;..... mais c'est que... vous voyez bien... — Je vois , ma chère Brigitte, que vous êtes une bonne femme ; allez dire à votre mari de venir, parce que j'ai à lui parler. —*Assisez*-vous donc, notre cher pasteur. » Elle ne disait pas un mot à Thérèse, qui était dans le plus grand embarras. « Asseyez-vous, ma chère fille, dit M. Egerton en avançant une chaise à sa pupille. » Brigitte alla chercher son mari qui ne fut pas long-temps sans venir. — Ah! c'est vous, mademoiselle..... Je ne sais trop comment vous appeler ; mais cela ne fait rien ; je n'en ai pas moins bien de la joie à vous voir ! — De la joie ! Eh bien ! moi, je n'en ai pas, dit en se retirant madame Boileau. — Mon cher Mathurin, je viens vous demander votre carriole, pour conduire mademoiselle de Salis chez ma sœur. — Bien à votre service, M. le curé; dame! c'est qu'elle est chez le charron, elle ne pourra jamais être prête avant demain matin. — Cela me dérange; mais, écoutez: mademoiselle couchera ici. — Et vous aussi, monsieur. — Non; pour moi, c'est impossible ; il faut que nous partions demain, que je retourne ce soir ; j'ai des malades ; je ne pourrais être si long-temps sans les voir. Je reviendrai de bonne heure. Je passerai chez eux avant de partir.—Comme vous voudrez, mon pasteur ; vous savez bien que vous

êtes ici comme chez vous. — Quant
à cette pauvre enfant,.... ne pour-
riez-vous pas,... sans vous comman-
der, dire à Brigitte que vous *voulez*
qu'elle passe ici la nuit? car, sans cela, elle ferait le diable.—Mon Dieu!
dit Thérèse, qui entendit ces derniers
mots, je m'en irai avec M. Egerton.
— Non, mon enfant, le temps est
à l'orage.—Il n'est pas plus à craindre pour moi que pour vous; laissez-
moi vous suivre. — Impossible !
Vous savez que ma mère se couche
de bonne heure, cela la dérangerait.
—Je ferai tout ce que vous voudrez;
dans tous les temps, je n'aurai de
volontés que les vôtres.» M. Egerton
chercha madame Brigitte; il lui parla
avec l'autorité que sa vertu lui
donnait; elle consentit à garder
Thérèse jusqu'au lendemain matin ;
et son protecteur, après l'avoir re-
commandée au mari et à la femme
dans les termes les plus forts, reprit

la route du presbytère, quelques
prières qu'on lui fît de rester; car,
le tonnerre grondait au loin, le
ciel était entièrement couvert, on
n'apercevait pas une étoile. Le vent
rasait la terre, et les vagues du lac
se faisaient entendre; signes presque certains d'une prochaine tempête.

Mathurin, toujours adorateur de
Thérèse, pressait sa femme de faire
apprêter un lit pour elle. « Il n'y a
pas tant de façon : elle occupera celui de madame, dans le petit pavillon; ce ne sera pas la première
fois..... Nanette ? — Plaît-il, madame? — Va faire le lit de madame la
comtesse, mais tu n'y mettras pas
les beaux draps, *c'est pour celle-ci.*
— J'entends, madame. — Je dési-
rerais bien écrire avant de me coucher.—Vous trouverez de l'encre et
du papier dans le petit bureau devant la fenêtre de la première pièce.

madame écrit toujours quand elle est ici ; n'avez-vous pas besoin de prendre quelque chose ? — Non, J'ai soupé avec madame Egerton. — Nanette ! de la lumière. — Bonsoir , madame Brigitte. —Bonsoir. » Thérèse soupira et monta dans la chambre qui lui était destinée. Elle s'arrêta dans la première pièce , voulant écrire à madame de Sénange.

Dès qu'elle fut en haut , Mathurin querella sa femme d'avoir si mal reçu cette malheureuse jeune personne. « Oh ! dame ! je ne suis pas comme vous : parce qu'elle est gentille, vous la trouvez parfaite ; moi, j'aime la probité avant tout, et une faussaire , fût - elle belle comme un astre, me paraît laide comme le diable : si ce n'eût été le respect que j'ai pour notre curé , je l'aurais bien mise à la porte ; mais, Dieu merci ! elle partira de-

main, et je n'en entendrons plus
parler. Eh ! bon Dieu ! comme le
tonnerre gronde ! Ah ! quel éclair !
n'y a-t-il rien dehors ? tout est-il
bien fermé ? Nanette ! Charlot !
voyez donc !» et elle rentra, par la
grange, dans le bâtiment de la
ferme qui, comme on sait, lui était
contigu.

~~~~~~~~~~~~~~~~~~~~~~~~~~~~~~~~

CHAPITRE XXXVIII.

Thérèse apprend quelle est sa naissance ; catastrophe ; accusation terrible.

———

Il y avait environ un quart-d'heure que mademoiselle de Salis écrivait, quand Mathurin et sa femme revinrent par la porte extérieure de la ferme qui donnait dans la grange. Ils étaient sans lumière, car le vent avait éteint la leur. — Eh bien ! entres-tu , dit la femme. — Oui ; me voilà. — Ce que c'est que l'obscurité ! on voit double. — Tu veux dire que l'on ne voit rien. — Non, je croyais t'avoir vu entrer

deux fois dans la grange. Ce qu'il y
a de certain, c'est que nous voilà à
couvert; qu'il pleuve tant qu'il vou-
dra, cela nous est bien égal. —
Egal; pas à moi, et les pauvres
voyageurs ! — Je n'y pensais pas. —
Oui, parce que tu es à l'abri : voilà
les femmes ! elles ne font guère attention qu'aux maux qui peuvent
les atteindre. — Bah ! tu moralise-
ras demain. Allons nous coucher ;
pousse le vérou. — Il est fermé.»
Après ce colloque le mari et la femme
rentrèrent dans la ferme.

Effectivement, Brigitte ne s'était
pas trompée, un troisième personnage s'était glissé en même temps
qu'elle dans la grange, et c'était
Walther. Ayant suivi toutes les démarches d'Henriette, depuis sa sortie
du château, il savait qu'elle était
seule à la ferme ; mais il ignorait
où elle était couchée : du coin où il
s'était blotti, il aperçut de la lu-

mière dans le pavillon, dont, comme
on sait, une des fenêtres donnait de
ce côté. Cette lumière d'abord
l'inquiète ; il observe. Quelle est sa
joie quand il aperçoit Henriette
écrivant ! Mais comment oser monter jusqu'à elle ! il voit bien l'escalier. S'il frappe à la porte, elle
n'ouvrira pas. Il valait mieux tâcher
de l'attirer en bas ; et voici la ruse
qu'il employa.

Il connaissait l'extrême sensibilité
de mademoiselle de Salis ; il savait
que tout ce qui souffrait avait des
droits sur son cœur. Il se place au
bas de l'escalier, se couvre de son
manteau, fait entendre de sourds
gémissemens, et, contrefaisant sa
voix, il imite celle d'une vieille
femme mourante. Henriette est
d'abord effrayée, puis elle écoute
plus attentivement. Enfin elle ouvre, regarde du haut de l'escalier,
et reconnaît que les plaintes sont

poussées par un individu couché
tout près du pavillon. Il paraît res-
sentir des douleurs aiguës. Elle
écoute encore, hésite. Enfin elle se
détermine à descendre pour aller
frapper à la porte de la ferme, afin
que l'on vienne au secours de cet
être souffrant ; elle est à peine au
bas des marches, qu'elle voit tout à
coup Walther qui, la saisissant par
le milieu du corps, et tirant de son
sein un poignard : « Je vous offre
ou la mort, ou la vie. — Frappez !
la mort sera un bienfait pour moi,
puisqu'elle me délivrera de l'horreur de vous rencontrer sans cesse
sur mes pas ! — Je ne veux pas que
vous mouriez, puisque j'ai le malheur de vous aimer, et que votre
mort serait peut-être suivie de la
mienne ; mais écoutez ce que j'ai à
vous dire : vous ne pouvez rien
entendre qu'il vous importe davantage de savoir. — Je ne puis ni

ne dois rien entendre de vous. —
Il faut cependant que vous m'écou-
tiez ; mais quand j'aurai com-
mencé, vous ferez moins la difficile.
—Moi !—Oui, vous : c'est l'histoire
de votre naissance. » Il mit alors son
poignard entre ses dents, ce qui ajoutait à son air naturellement effroya-
ble, prit et posa sur les marches de
l'escalier la lampe que tenait Thérèse, la força de s'asseoir sur des ger-
bes, et, la tenant fortement par le
bras, il commença son récit en ces
termes :

Histoire de Thérèse de Volmar.

« Madame la marquise de Ligny
était restée immensément riche à
la mort de son époux. Elle était
belle. Je sentis avec la plus grande
amertume que je ne pouvais m'élever jusqu'à elle ; mais je jurai que

nul autre que moi n'aurait d'empire sur cette aimable femme, et ne
serait maître de sa fortune. Ne pouvant espérer de la séduire, je résolus
de la subjuguer par les dehors de la
vertu la plus austère, et j'y parvins
facilement; je sus la louer à propos et
lui ménager toujours des positions
embarrassantes, soit dans les affaires, soit par des enchaînemens de
circonstances dont je tirais toujours
le plus heureux parti. Beaucoup
d'amans prétendaient au cœur et à
la main de la belle veuve. Mais je
trouvais bientôt le moyen d'écarter
ceux que je prévoyais devoir nuire
à mon plan; un seul parvint à le
mettre en défaut; ce fut M. de
Volmar, colonel d'un régiment suisse
au service de France : j'eusse peut-
être mieux pris mes mesures, si
je n'eusse point trop compté sur la
différence de religion qui devait élever entre eux un obstacle insurmon-

table. Le comte, qui avait peu de fortune, attendait tout d'un oncle très-
riche, et qui, étant zélé luthérien,
avait menacé son neveu de le déshé-
riter s'il épousait une catholique.
La délicatesse de M. de Volmar
se révoltait à la seule idée de tout
devoir à sa compagnie; d'ailleurs,
aimant et respectant son oncle,
il craignait de l'affliger. Il me fit
part de ses irrésolutions; je les vis
près de se fixer; je reconnus, à n'en
pouvoir douter, qu'un jour ou l'autre elles se termineraient par un
éclat, qui n'en ruinerait que mieux
mes espérances, et, de deux maux
préférant le moindre, je conseillai
un mariage *secret* jusqu'à la mort
de l'oncle. Madame de Ligny, qui
adorait M. de Volmar, y consentit.
Je leur persuadai d'aller à Avignon
recevoir la bénédiction nuptiale,
sans aucun acte qui pût la prouver.
Ainsi rien ne changea dans l'admi-

nistration des biens, puisque le comte restait civilement étranger à sa femme. Ils revinrent à Salis, où je ne vis pas, sans un violent déplaisir, à quel point madame de Ligny idolâtrait son mari; j'avais tout à craindre si l'oncle venait à mourir.

« Mon étoile écarta ce danger. M. de Volmar, forcé de rejoindre son régiment, laissa madame de Ligny enceinte ; je lui persuadai qu'il fallait cacher avec soin son état. Je la déterminai à aller à Paris ; elle y accoucha dans le plus profond mystère. Vous êtes le fruit de cet hymen détesté ; je ne vous fis donner au baptême que le nom de Thérese, nom que j'avais choisi exprès pour qu'il ne laissât aucune idée de votre naissance. — Quoi ! Madame de Ligny était ma mère ? Ah ! mon cœur me l'avait appris, et la vive tendresse que j'avais pour elle !... — Ne m'interrompez pas, les momens sont chers. La marquise voulut vous nourrir. J'y consentis difficilement, et, au bout de six semaines, je lui remis une lettre du comte qui la suppliait de ne pas l'exposer à perdre un brillant avenir pour quelques jouissances du cœur; il lui demandait instamment de retourner à Salis; de faire élever la petite dans les environs, pour veiller sur elle, jusqu'à ce que la mort de son oncle lui permît de la reconnaître. C'était moi qui avais provoqué cette lettre, en exagérant à son mari ce que j'appelais des imprudences. Il fut décidé que l'on partirait pour Salis.

«On vous a conté vingt fois comment vous fûtes trouvée à l'entrée de la forêt : j'avais fait encore jouer cette machine. Je voulus inutilement vous faire élever dans l'état d'un enfant trouvé; la tendresse de votre mère vous en retirait toujours.

Mais du moins je puis seul vous faire
rendre vos droits, seul je suis dépositaire de ces actes qui la constatent ;
votre mère elle - même n'en eut
jamais connaissance.—Malheureux !
trahir ainsi votre bienfaitrice !—Je
ne réponds pas à vos injures, je n'en
ai pas le temps.

« Votre père survécut peu de mois
à votre naissance ; il apprit la mort
de son oncle au moment d'une légère
escarmouche, dans laquelle il reçut
un coup de feu à la poitrine, dont il
mourut trois jours après. Prévoyant
sa fin prochaine, et sentant qu'il ne
pourrait ni supporter le voyage, ni
vivre jusqu'à l'arrivée de votre
mère, pour reconnaître publique-
ment leur mariage, il fit dresser,
dans les meilleures formes, un acte
portant que vous étiez sa fille et
celle de mademoiselle de**, veuve
du marquis de Ligny, sa légitime
épouse : un testament non moins

authentique vous instituait sa seule
et unique héritière. Ces deux pièces me furent adressées au moment
du trépas du comte. Fidèle à mon
plan, je me gardai bien d'en parler à
la marquise, qui pensa mourir de
douleur à la nouvelle de la mort de
son époux.

« Alors, parfaitement sûr qu'elle
ne passerait pas à de troisièmes
noces, et ne pouvant épouser sa personne, j'épousai en idée sa fortune ;
je ne pouvais l'empêcher de vous
la léguer à peu près intacte ; je lui
dictai un testament inattaquable
quant à sa rédaction, bien persuadé
qu'en obtenant votre main, je m'as-
surais en même temps des richesses
immenses. Je comptais alors vous
faire reconnaître et rentrer dans
tous les biens de votre père ; mais
bientôt vous osâtes me témoigner la
plus extrême indifférence. Alors je
ne mis aucun obstacle aux projets

des héritiers frustrés ; je les aidai
même à vous réduire à l'état où
vous êtes. — Barbare ! - Suborna-
tion de témoins, corruption de juges,
rien ne fut négligé; j'étais arrivé au
comble de mes vœux, je vous avais
en ma puissance. Je ne voulus rien
brusquer, et c'est ce qui m'a perdu.
Vous m'avez fui, mais enfin mon
bon génie m'a rapproché de vous.
Il est impossible maintenant que
vous m'échappiez : vous serez à
moi, ou, après vous avoir rendue
dépositaire de mes plus importans
secrets, *je les ensevelirai avec vous
dans la tombe :* suivez-moi, si vous
tenez à la vie! »

Thérèse, n'ayant plus rien à ménager, appela à son secours Mathurin dont la voix se fit entendre
aussitôt. Walther ne le croyait pas
si près ; il serre fortement la main
de Thérèse. « Vous voulez ma per-
te ! eh bien ! nous verrons qui des

deux entraînera celle de l'autre.
Jurez-moi de garder le secret sur ce
que je viens de vous dire, où je
mets le feu à cette maison et vous
enlève au milieu des flammes! —
Je vous promets de me taire. »
Le monstre s'échappa par la porte
qui donnait sur la cour, et, quand
Mathurin parut, il trouva mademoiselle de Salis seule, dans un
trouble extrême ; il lui demanda le
sujet de sa frayeur.

Elle raconta qu'elle avait cru entendre des gémissemens ; qu'étant
descendue dans la grange, elle s'était
imaginée voir un homme prendre la
fuite; que dans son trouble sa lampe
s'était éteinte (car Walther l'avait
soufflée en s'enfuyant), ce qui avait
ajouté à ses craintes. On chercha
dans la grange, on ne trouva personne; et tout allait se calmer, quand,
malgré l'orage qui augmentait à
chaque instant, on entendit sonner

très-fortement à la porte d'entrée.
Mathurin, que le récit de mademoiselle de Salis avait fort inquiété,
ne se souciait pas d'aller voir qui
demandait à entrer. Brigitte s'é-
tait aussi levée; elle vint le presser
d'ouvrir : cependant Nanette, qui
était allée s'informer, accourut en
criant : «C'est mádame de Sénange !
Ah ! mon Dieu ! dit Thérèse,
je ne voudrais pas, pour rien au
monde, la voir.—Je le conçois, dit
Brigitte; entrez dans la chambre de
Nanette; madame la comtesse n'ira
pas vous chercher là. »

Cependant Mathurin était allé
ouvrir à madame. Lui ayant fait
traverser la cour pour qu'elle ne
rencontrât pas mademoiselle de Salis, il l'amena dans la grange.
«Quel temps, dit-elle! j'étais partie
pour Genève, mais impossible d'aller
plus loin ; je coucherai ici. —Votre
lit est toujours prêt, madame la

comtesse. » En ce moment, on sonna
derechef ; et Mathurin, un peu
rassuré par la présence de plusieurs
domestiques, courut ouvrir. C'était
le jeune comte qui revenait de Genève pour prendre de M. Egerton de
nouveaux éclaircissemens. Il n'avait
pu aller plus loin, parce que son
cheval, effrayé par la foudre tom-
bée assez près de lui, ne voulait
plus avancer. Il avait été obligé de
mettre pied à terre et de conduire
cet animal par la bride. La pluie tom-
bait par torrens; les chemins étaient
couverts d'un pied d'eau; le tonnerre
ne cessait de gronder; les éclairs
se succédaient, et on ne pouvait se
conduire qu'à leur lumière.

M. de Sénange était, malgré son
manteau, mouillé jusqu'aux os.
Quelle fut sa surprise en aperce-
vant sa mère ! « Vous ici, madame,
par le temps qu'il fait? — J'étais
partie de Sénange avant l'orage ;

mais, lorsque j'ai vu qu'il devenait si fort, je me suis arrêtée ici, et j'allais me coucher dans le pavillon, quand j'ai entendu sonner. J'ai pensé que ce pouvait être mon fils que sa tendresse pour moi ramenait... mais il faut lui faire du feu; il est trempé. — Ah ! ma mère, que vos bontés pour moi sont touchantes ! — Passez dans la cuisine, dit madame Brigitte, on va mettre des bourrées, M. le comte sera bientôt réchauffé. » Brigitte fit alors signe à son mari qu'il n'y avait rien à craindre : les domestiques entouraient le foyer; ils se levèrent en voyant leurs maîtres, et, à l'exception d'un seul qui resta pour aider le comte à changer, tous se retirèrent dans la chambre qui leur était réservée. Alors Charles ôta son manteau, ses bottes, mit un mouchoir autour de sa tête, et s'approcha d'un brasier ardent qui eut bientôt séché les autres parties de son vêtement.

Madame de Sénange le regardait avec la tendre sollicitude d'une mère ; elle le trouvait pâle , abattu. « Mon cher fils, est-ce, comme je le disais, la tendresse qui vous ramène vers moi ? — Je respecte trop ma mère et la vérité pour dire que je venais vous chercher. Je ne comptais pas même avoir le bonheur de vous voir à Sénange. — Ingrat ! et moi , mourante d'inquiétudes, je suis partie presqu'à la nuit pour aller vous chercher à Genève ! O mon fils ! vous ne m'avez jamais aimée ! »En s'exprimant ainsi, cette mère désolée couvrit ses yeux de son mouchoir.

Charles tomba à ses genoux, lui jura qu'il avait pour elle le plus tendre respect. «Mais, dit-il, vous n'ignorez pas le profond chagrin que vous m'avez causé en chassant de

chez vous celle que j'aime plus qque
la vie, plus que moi-même !—C'est
ainsi que vous me payez du sacriffice
que je vous ai fait ! Veuve avaant
trente ans, riche, peut-être aussi digne qu'un autre de rendre heureux
un second époux, j'ai renoncié à
tout pour vous conserver en entier
ma fortune: celle de votre père était
peu considérable. — Qu'importe la
fortune quand le cœur ne sait où se
reposer?—Dans le sein d'une mère.
— Elle hait celle que j'adore. —
Ah ! c'en est trop. Homme incomsi-
déré, suivez la route où l'amour
vous égare : je le jure ! je ne consen-
tirai jamais à vous voir souiller le
nom de votre père, en le donnant
à une fille sans état, que poursuit
la justice ! »A ces mots, elle se leva,
dit à Brigitte de monter avec elle,
et laissa son fils frappé d'une morne
tristesse.

La chambre de Nanette, où s'était

retirée mademoiselle de Salis, donnait dans la cuisine de la ferme. La
porte entr'ouverte lui permit d'entendre cette conversation. Le serment de madame de Sénange lui
causa une profonde douleur; cependant, en réfléchissant que , si elle
parvenait à recouvrer les preuves de
son état et de son innocence , elle
ne serait plus cet enfant abandonné , gémissant sous les liens d'une
condamnation infamante , elle reprit un peu de force.

Brigitte redescendit, tenant un
schal , un chapeau , une lettre
ouverte. « Vous êtes fins , vous
autres ! tout cela était resté là haut ;
heureusement madame la comtesse
était si en colère qu'elle ne voyait
rien. J'ai vîte jeté le tapis de lit
dessus, et, quand elle a été couchée,
les rideaux fermés, j'ai repris le
tout et puis la lettre. — Une lettre
de l'écriture d'Henriette, s'écria le
comte ! voilà son schal, son chapeau!

serait-elle ici? Au nom du ciel, ne
me le cachez pas! j'ai des éclaircissemens à lui demander sur Walther:
je crois avoir saisi le fil de cette intrigue; mais il faut que je sache
d'elle des particularités qu'elle
seule peut m'apprendre. Je comptais
l'aller trouver chez M. Egerton: est-
il ici? — Non, c'est lui qui l'a amenée, et il viendra la chercher demain
matin, pour la conduire à Prévé-
range, chez sa sœur. — O mes
amis, que je la voie un instant, la
moitié de ma fortune est à vous! —
M. le comte, vous oubliez que l'honneur est de tous les états : mais,
comme je n'y vois pas grand incon-
vénient, nous allons, pour rien,
comme ça doit être, faire en sorte de
la déterminer à venir ici. Tenez,
elle n'est pas loin : dans cette chambre.—Ah ! chère Henriette ! venez,
je vous en conjure. » Mademoiselle
de Salis avait tout entendu : elle
sentait le besoin de donner au

comte des renseignemens sur Walther, et si , comme elle le lui avait
promis, elle avait gardé le silence
sur l'apparition de cet homme à la
ferme, elle n'était pas tenue au
secret sur les violences qu'il avait
precédemment exercées contre elle
et sur sa complicité avec Wolf. Elle
consentit donc à . passer dans la
pièce où était Charles , à condition
que madame Brigitte ne s'éloigne-
rait pas un instant ; ce qu'elle lui
promit.

Charles la reçut avec un transport
qu'on ne peut décrire. — Je suis
bien sensible, Charles , à la tendre
amitié que vous me témoignez ,
mais...vous avez entendu le serment
de madame votre mère...?»Le comte
lui fit observer que ce serment
n'aurait aucune force lorsqu'il serait parvenu à faire revoir son procès. Ensuite il lui adressa différentes
questions sur Walther. Elle lui
raconta tout ce qui s'était passé

chez Wolf : et le jeune comte ne douta plus de parvenir au but de ses désirs.

Mathurin était ravi de tout ce qu'il entendait. — Brigitte commençait à croire que mademoiselle Thérèse était une honnête fille, et d'état à pouvoir épouser le comte, quoiqu'elle mît une extrême retenue à s'expliquer sur les révélations de Walther relatives à sa naissance : elle craignait qu'elles ne fussent pas parfaitement vraies, et pensait d'ailleurs que lui seul en ayant les preuves, il pouvait, d'un moment à l'autre, les anéantir. Les chiens de garde, à cet instant, aboyèrent avec force. « Encore quelque nouvelle alerte ? Va donc voir, mon mari. — Vas-y toi-même. — Que craignez-vous, dit Charles prenant une lanterne ? je vais savoir ce que c'est. » Et il sortit avec le fermier dans la cour, pour s'assurer de ce qui

excitait la fureur de ces animaux.
.....Au même instant, la foudre
éclate, tombe sur le pavillon et
brise une partie du toit.«Mon Dieu !
madame de Sénange ! » s'écrie
Thérèse. Elle vole au secours de
celle qui fut sa bienfaitrice, monte
les degrés avec la rapidité de l'éclair.
Charles a vu tomber la foudre au
moment qu'un homme se glissait
le long des murs. Occupé du danger de sa mère, il n'a pas pensé
à l'arrêter ; Mathurin, encore
moins ; car sa frayeur est extrême.
Ils rentrent dans la ferme; madame
Brigitte, ses servantes, les charre-
tiers, les domestiques courent au
secours de la comtesse. Ils voient
que le tonnerre, en tombant, a en-
flammé la charpente du pavillon qui
communique à celle de la grange.
Thérèse reparaît au milieu d'un
tourbillon de flammes et de fumée :
ses traits sont renversés; tout peint
en elle le plus affreux désespoir.

«Ne perdez pas un instant, dit-elle !
madame de Sénange assassinée !.....
Voilà le poignard....... ! C'est
moi..... Moi ! ! ! ! ! » Et elle tombe
sans connaissance sur les marches
de l'escalier.

Charles et Brigitte les franchis-
sent et parviennent , malgré le
feu, dans la chambre de la comtesse : ils la trouvent baignée dans
son sang qui coulait encore. Charles la prend dans ses bras, l'emporte
dans la ferme. Brigitte étanche le
sang en bandant la plaie qui paraît
profonde. Comment, au milieu de
la nuit, par le plus terrible orage ,
avoir des secours ? Charles ne s'en
rapporte qu'à lui. Il monte à poil le
cheval de Mathurin, le fait voler à
la porte de M. Egerton, et, sans descendre, réveille le pasteur, lui apprend le crime commis, réclame
ses secours pour sa mère , va à une
demi-lieue plus loin chez le chirur-

gien, le force à se lever, à monter
en croupe derrière lui et l'amène au
grand galop à la ferme où regnait
la plus affreuse confusion. Madame
de Sénange, pâle, froide, sans mouvement, était l'image de la mort.
Thérèse, dans un délire affreux,
s'accusait, accusait VValther : mais
aucuns de ses discours n'avaient de
suite. Elle ne reconnaissait personne
de ceux qui l'entouraient, pas
même M. Egerton. Arrivé à la ferme
avant Charles, ce digne ecclésiastique
donnait seul des soins à cette infortunée qu'on avait couchée sur un
matelas par terre, auprès du lit où
gissaient les dépouilles de madame
de Sénange ; car tout annonçait
qu'elle avait cessé d'être.

Les autres habitans de la ferme,
auxquels se joignaient ceux des ha-
meaux voisins s'occupaient d'arrêter
les progrès de l'incendie et de ga-
rantir des ravages du feu la dernière

récolte, qui venait d'être engrangée.
Charles entre dans la salle de la ferme : quel spectacle pour lui ! sa mère
enveloppée des ombres de la mort;
celle qu'il adore, privée de l'usage
de la raison, et laissant croire dans ses
discours, aussi incohérens que si-
nistres, qu'elle-même a commis
l'horrible forfait ! !

Cependant le chirurgien se flatte
qu'il reste à madame de Sénange
une étincelle de vie; il sonde la plaie:
il ne la croit pas mortelle ; mais il
ne répond de rien ; il fait une saignée : quelques gouttes de sang an-
noncent que les veines ne sont pas
entièrement épuisées. Il prépare
une potion, et avec une peine infinie
il parvient à faire pénétrer quelques
gouttes du liquide dont il espère
un effet utile. Il fait couvrir le
corps de tout ce qui se trouvait de
plus chaud dans la chambre, et,

en attendant l'effet de ses soins , il s'occupe de l'autre malade.

Pour celle-ci il emploie les calmans qu'il a beaucoup de peine à lui faire prendre :« Je veux mourir, dit-elle , Charles m'a abanbonnée, parce que sa mère est morte ! » Charles lui parle, cherche à lui rendre la raison: mais inutilement, elle le prend pour Walther et lui dit tout ce que le désespoir et la douleur peuvent inspirer de plus terrible. Egerton va de l'une à l'autre sans pouvoir rien obtenir d'elles. L'insensibilité de la comtesse, le délire de Thérèse , ne lui laissent aucun moyen de remplir les fonctions de son pieux ministère.

Une scène plus cruelle vint bientôt déchirer le cœur sensible du malheureux Charles ; M. Egerton qui , seul, conservait quelque sang froid, avait envoyé avertir le juge : celui-ci arriva presqu'aussitôt avec

son greffier et la gendarmerie.
Qu'il fut cruel pour M. de Sénange
l'instant où le magistrat, déclarant
certaine la mort de la comtesse,
fit dresser un acte d'accusation
contre Thérèse, comme l'ayant assassinée !

Perdre à la fois une mère chérie
et voir la justice accuser de ce forfait sa maîtresse est bien la plus
douloureuse réunion de circonstances qu'il soit possible d'imaginer.
Charles ne peut défendre ou accuser cette dernière, sans offenser la
nature ou l'amour. Il garde un
morne silence et semble, par ses
regards, invoquer la bienveillance
du pasteur. Celui-ci ne craint point
d'assurer que Thérèse est innocente,
et dénonce au juge un individu que
M. de Sénange et Mathurin Boileau ont vu se glisser dans l'ombre
un moment après l'assassinat. « J'ai
de fortes raisons, dit-il, pour croire

que cet individu est un nommé
Walther. » Charles prend la main
du pasteur, la serre avec une grande
affection.« Comment vous exprimer
ma reconnaissance?—Je ne fais que
mon devoir. » On dressa le procès-
verbal, en y insérant la déposition
de M. Egerton; et le juge, ayant mis
Thérèse sous la responsabilité du
pasteur, alla donner un coup d'œil
aux travaux que nécessitait la suite
de l'incendie ; une autre raison le
portait à se mêler dans la foule, c'é-
tait le besoin de se faire, par ce qu'il
entendrait dire, une idée précise
sur les causes de cet assassinat ; il
comptait cependant en apprendre
encore plus par les aveux des deux
malades, si elles revenaient à elles :
il recommanda donc à Charles de ne
les pas quitter et de garder auprès de
lui le chirurgien et Nanette.

On commençait à se rendre maître du feu, et l'on espérait sauver les

grains en grande partie. Cependant on parlait très-diversement de l'évènement de la nuit. Mathurin assurait qu'il avait vu un homme sortir de la grange, que ce devait être le même qui avait fait une si grandre frayeur à Thérèse. «Eh ! eh ! reprenait madame Brigitte, elle a entendu, comme nous, que madame la comtesse disait : *Jamais elle ne sera ma bru, tant que je vivrai......* Dame ! qui sait ? Elle est bien amoureuse de M. Charles ! d'ailleurs, n'at-elle pas dit : *C'est moi ! moi ! ! !* Que voulez-vous de plus ? »

Le juge aurait pu prendre dans ce discours de fortes préventions contre mademoiselle de Salis, mais il s'était entretenu un instant avec M. Egerton et lui avait trouvé une si parfaite estime pour elle, qu'ayant peine à la croire coupable, il ordonna à la gendarmerie de battre les environs et de tâcher de s'emparer du personnage mystérieux qui avait paru dans la grange et dans la cour.

En attendant le succès de cette recherche, je crois necéssaire de rendre compte au lecteur de la vérité de ces faits. Il est un point de scélératesse où il n'est plus possible de s'arrêter ; tel était celui où Walther était parvenu. Nous avons vu, par le détail de ses trames criminelles, pour s'emparer de la personne et de la fortune de Thérèse, tout ce dont cet homme était capable ; mais il n'avait point encore versé le sang : s'il avait montré un poignard à mademoiselle de Salis, c'était plutôt pour l'effrayer que pour en faire usage. Il espérait qu'elle le suivrait; et, jugeant du cœur de sa victime par le sien, il avait cru que la crainte de la mort, jointe à l'assurance de rentrer dans une fortune considérable, suffirait

pour la faire céder à ses désirs ;
mais, trompé dans son attente
envenimée d'un amour jaloux, et
craignant d'être dénoncé par cette
jeune personne, il résolut sa mort.
La porte de la grange n'avait pas
été fermée en dedans lorsqu'il en
sortit la première fois : il y revint
quand il n'entendit plus aucun bruit.
Il ignorait ce qui s'était passé dans
la ferme ; franchissant une haie, il
avait été se mettre à l'abri de l'orage
dans une vieille chapelle abandon-
née sur la route de Lausanne, et
n'en sortit que plus d'une heure
après ; guidé par les furies infer-
nales et éclairé par le feu du ciel,
il rentra donc dans la grange, et
quoique par moment il se trouvât
dans la plus profonde obscurité, il
reconnut la position de l'escalier,
du pavillon et de la chambre où il
croyait qu'était couchée mademoiselle de Salis. Il monta comme un

forcené les degrés ; trouve la clé
à la porte , s'arrête , frémit du forfait qu'il médite,se rappelle un instant les charmes de celle qu'il va
immoler... ; mais la voix de l'esprit
du mal fait retentir à ses oreilles ces
mots : *Elle te dénoncera !* Il avance,
saisit sa victime...Un cri lamentable
se joint aux éclats de la foudre ; il
n'a que le temps de fuir ; elle éclate
au-dessus de sa tête : poursuivi par
la terreur , la pitié et les remords ,
il sort de la grange; mais une puissance céleste semble enchaîner ses
pas. La clarté de l'incendie lui
paraît être le flambeau de la justice,
et si elle lui fait croire que les flammes , en dévorant sa victime , ca-
cheront la cause de sa mort, elle
porte dans son âme une sorte de
terreur qui lui ôte la faculté de
s'éloigner. Une étable s'offre à sa
vue ; il y entre : il s'y tient caché

dans l'espérance de reprendre bientôt la force de se dérober aux
poursuites ; et c'est là qu'il est
arrêté ! ! !

~~~~~~~~~~~~~~~~~~~~~~~~~~~~~~~~~~~~~

CHAPITRE XXXIX et dernier.

Le scélérat démasqué ; conclusion.

———————

Ce furent Mathurin et Picard qui d'abord le découvrirent. Il tira sur eux deux coups de pistolet ; mais sa main tremblait, il les manqua : au bruit des armes à feu, la gendarmerie arriva ; et se saisit de sa personne. Mathurin courut porter cette nouvelle au magistrat qui, dans ce moment, interrogeait Henriette un peu revenue de son délire. Il trouvait dans toutes ses réponses une simplicité qui ne pouvait être que le langage de la vérité ; malheureusement il l'avait reconnue pour cette Thérèse condamnée à Genève, dans le temps qu'il y était pour suivre une autre affaire. C'était, pour ce juge, un préjugé défavorable. Aussi avait-il donné de suite l'ordre de l'arrêter et de la reconduire dans son pays; mais le pasteur et Charles se portèrent pour caution, et le départ fut suspendu jusqu'à ce que l'on se fût assuré de la personne de Walther. Au moment où l'on entendit crier : *nous le tenons, nous le tenons !* le juge fit retirer Thérèse, et se prépara pour l'interrogatoire du prévenu, qui ne tarda de ne l'entendre parler devant lui.

A toutes ses questions, Walther opposa une grande audace ; cependant il se coupait sur quelques points. Une chose étonnait les assistans à qui ce juge avait imposé un silence absolu: c'était de ne l'entendre parler *que du meurtre de Thérèse,* et point de

celui de la comtesse. Ils ne savaient
pas que M. Egerton avait engagé le
magistrat à se conduire ainsi, par un
motif que nous ne tarderons pas à
savoir. On laissa le meurtrier seul
avec sa conscience; c'était bien pour
lui le plus cruel supplice ! craignant
de s'être trahi, il examina s'il n'a-
vait pas des traces de sang sur ses
vêtemens, s'il n'avait p as perdu des
papiers ; mais, les retrouvant tous
dans son porte - feuille , rassuré
d'ailleurs par la pensée que Thérèse
n'existait plus, il résolut non-seulement de se défendre , mais même
d'attaquer M. Egerton comme ca-
lomniateur. Il avait passé plusieurs
heures dans l'attente de ce qui se
préparait contre lui , lorsqu'enfin
on ouvrit la porte de la chambre où
quatre gendarmes le gardaient. Le
magistrat, son greffier, M. Egerton,
Charles, Picard , Mathurin , sa
femme , des habitans de la ferme

qui avaient éteint l'incendie se trouvaient là.

Le juge, adressant la parole à
Walther, lui dit :«Voilà vos accusa-
teurs. Je n'ai pu refuser de recevoir
leur plainte ; des renseignemens
que j'ai pris me font croire qu'elle
est fondée; avouez, il en est encore
temps ; peut-être assoupirait-on encore cette malheureuse affaire. — Je
le veux si peu, reprit Walther, que
je les dénonce tous comme calom-
niateurs devant les tribunaux com-
pétens. » M. Egerton reprit avec
beaucoup de dignité : « Et moi,
j'en réfère au tribunal du Juge suprême. Venez, si vous l'osez, appeler
l'anathème sur le meurtrier de cette
innocente victime ; elle repose là
sur son lit de mort : venez, en con-
templant ses traits livides, sa plaie
dont le sang coule encore, invoquer
sur la tête de son assassin la vengeance céleste, et jurer devant Dieu

que vous n'êtes pas son bourreau...
Vous reculez d'effroi, vos cheveux
se hérissent sur votre tête ; je crois
voir en vous l'image de cette belle
allégorie du meurtrier poursuivi
par la justice et le remords ! — Qui
vous dit que je ne suis pas prêt à
jurer sur le corps de Thérèse que
je suis innocent ? mais à quoi bon
cette momerie ! —A tranquilliser la
conscience du juge. —J'y vais !! »

A l'instant la porte s'ouvre ; on
voit une chambre à peine éclairée
dans laquelle se trouve un lit fermé de toutes parts : Walther, ému,
s'avance d'un pas qui décèle toute
sa répugnance pour une semblable
démarche : tout à coup les rideaux
s'entr'ouvrent ; une femme vêtue de
blanc en sort l'œil égaré ; ses cheveux sont épars ; elle tient en main
le poignard homicide : « Qui vient
ici , dit-elle, troubler la cendre des
morts ? » A ces traits, à cette voix

bien connus, l'assassin recule frappé
de la plus grande terreur; il s'écrie:
« Ah !..... Juste ciel ! ombre terrible ! ..... cesse de me poursuivre !
Oui, je suis ton meurtrier, épargne-
moi ! » Et comme Thérèse, car
c'était elle-même, avançait toujours,
Walther tombe à ses pieds, y dépose
le porte-feuille qui, s'ent'rouvrant,
répand sur le parquet une liasse de
papiers : « Les voilà, reprend-il ,
ces titres que j'avais soustraits pour
te perdre ; au moins serviront-ils à
réhabiliter ta mémoire. »

La vue du monstre avait frappé
mademoiselle de Salis au point de
lui rendre la plénitude de sa raison.
Mais en même temps elle se sentit
prête à s'évanouir, et s'appuyant sur
le bras de Charles qui s'était avancé
pour la soutenir : «Ah ! dieux ! dit-
elle , je me meurs ! » Walther
se relève aussitôt: «Elle vit ! dit-il;
eh ! qui donc ai-je frappé ? —

Malheureux , c'est ma mère. — Sa
mère ! — Oui, cruel, c'est madame
de Sénange que vous avez assassinée,
qui depuis ce coup affreux laisse à
peine un faible espoir. — Assassinée ! qui dit que j'ai assassiné quelqu'un ; je proteste contre le piège
que l'on m'a tendu ! — Vous pro-
testerez devant le tribunal, reprit
le juge : qu'on le conduise , chargé
de chaînes, à Genève ! »

Charles aurait éprouvé le sentiment de la plus vive allégresse, si le
danger de sa mère ne lui eût pas
laissé un trop juste sujet de douleur.
Cependant le chirurgien, rappelé
après que l'on eut entraîné Walther,
crut reconnaître en elle quelques
signes de retour à la vie ; ces heureux
symptômes se confirmèrent par
degrés, et bientôt le docteur donna
les plus douces espérances. Thérèse,
Charles et M. Egerton passèrent auprès de la blessée le reste de la nuit,

et , tout en lui rendant les soins les plus assidus, convinrent de ce qu'ils devaient faire pour la réhabilitation de mademoiselle de Salis , car elle n'osait pas encore prendre le nom de Volmar. Il fut convenu qu'elle partirait au jour avec M. Egerton et sa mère , pour se rendre à Genève, où l'on s'occuperait aussitôt de purger la contumace.

Déjà Walther était arrivé dans cette ville et traduit dans les prisons comme assassin. Dès que Wolf l'apprit, il se brûla la cervelle , après avoir fait un testament par lequel il laissait tout à sa femme, si on la retrouvait avant dix ans.

Gertrude instruite de la fin déplorable d'un époux qui l'avait rendue malheureuse, plaignit son sort, et, rendue à la liberté, partit aussitôt pour la ferme de sa sœur , après avoir laissé sa procuration à son frère , pour recueillir la succession

dont elle lui abandonnait la moitié.
Ses relations, parfaitement confor-
mes au récit de mademoiselle de
Salis , donnèrent de grandes lumiè-
res pour le procès qui eut un succès
très-prompt. L'arrêt fut cassé; M^{rs} de
Sesseville et madame de Pont-de-
Vesle se virent condamnés à de gros
dommages et intérêts. Pendant le
temps que dura cette procédure,
madame de Sénange s'était entièrement rétablie. Elle apprit avec un
extrême plaisir que Thérèse avait
retrouvé une famille, qu'elle serait
très-riche, et surtout pleinement
justifiée.

Elle aimait trop vivement le comte
pour que son amour-propre pût
souffrir de ce qui faisait le bonheur
de ce fils adoré. Cependant elle sentait un peu d'embarras, en pensant
qu'elle allait revoir celle qui avait
tant à se plaindre d'elle : d'un autre
côté, elle regrettait d'être la cause

bien innocente de la mort d'un homme, il est vrai, très-coupable, mais qui peut-être ne l'eût pas été, si elle eût gardé Thérèse chez elle. Son fils, empressé de lui éviter, s'il était possible, ce sujet de chagrin, sollicita sur-le-champ la grâce de Walther : mais il ne put rien obtenir.

Mademoiselle de Volmar, car elle avait été reconnue pour telle, quitta Genève la veille de l'exécution : il lui eût été impossible d'en être, en quelque sorte, témoin. Revenue chez Mad. Egerton, elle fit demander à madame de Sénange la permission de lui présenter ses respects. La comtesse lui envoya son fils pour lui dire que, sans l'extrême faiblesse qui n'avait pas permis encore de la transporter à Sénange, elle aurait été l'embrasser et la prier d'oublier ses injustices à son égard.

L'orpheline monta sur-le-champ
en voiture avec madame Egerton
et Charles, et se rendit à la ferme
où elle fut reçue comme une divi-
nité. Elle se jeta dans les bras de
madame de Sénange, qui la retint
plusieurs minutes sur son cœur. On
ne s'occupa que du présent, qui
présageait le plus brillant avenir.
Il fut convenu que le mariage aurait lieu dès que madame de Sénange serait en état d'être transpor-
tée au château. D'ailleurs, il fallait
le temps de faire expédier les actes
nécessaires pour entrer en possession des biens de M. de Volmar,
situés dans le canton de Berne. Il
fallait en déposséder les parens.
Thérèse, encore mineure, ne pouvait pas se livrer à toute la généro-
sité de son cœur ; mais elle trouva
un moyen, ce fut de donner quit-
tance des revenus pour six ans ; ce
qui portait la jouissance des déten-

teurs jusqu'à sa majorité. Elle pourrait ensuite abandonner à ceux qui
se trouveraient pauvres une partie
de ce superbe héritage. Elle n'en usa
pas de même avec madame de Pont-
de-Vesle et MM. de Sesseville; ils
avaient eu de grands torts avec elle et
n'étaient point sans autres ressour-
ces comme les parens de son père,
qui, d'ailleurs, ignoraient l'existence de mademoiselle de Volmar.
Les autres furent d'une grande
colère, quand il fallut tout rendre
et payer en outre des dommages-in-
térêts; mais Thérèse leur en fit la
remise.

Tout étant réglé, Thérèse alla,
avec madame Egerton et son fils,
prendre possession de Salis, dont les
habitans la revirent avec une grande
joie. Elle trouva que rien des intentions de sa mère, excepté le don à
Walther, n'avait été rempli. Elle
se hâta de les faire exécuter, et

donna ordre qu'on lui élevât un superbe mausolée. Ces soins religieux
remplis, elle revint à Sénange où
enfin la comtesse avait pu être amenée. En passant, elle s'était arrêtée
dans tous les lieux où, pendant son
pénible voyage, elle avait été accueil-
lie. Partout elle laissa des témoignages de sa reconnaissance. Sa
première visite, en arrivant, fut à
la ferme de Mathurin; elle y trouva
la bonne Gertrude, pénétrée de reconnaissance envers Dieu qui avait
rendu à la société son aimable Thérèse. Cette tendre amie vint à
Sénange où, voyant un *piano*, elle
dit à mademoiselle de Volmar : « Y
a-t-il long-temps que vous avez fait
de la musique ? — Pas, depuis que
vous m'avez entendue. — Quoi !
mon amie, vous êtes musicienne?—
Elle chante et s'accompagne à ravir : elle dessine comme un ange !
— Et vous avez pu nous cacher tant

de moyens de séduction ? En effet, vous n'en aviez pas besoin !—Condamnée à l'obscurité, je devais renoncer à des talens frivoles.»Charles la supplia de se faire entendre sur l'instrument; elle y consentit: ses accords enchantèrent la mère et le fils; et, depuis ce jour, la musique remplit au château des heures délicieuses.

Rien ne retardait plus le bonheur de M. de Sénange; les fêtes de l'hymen furent fixées aux premiers jours de novembre. On y invita, on pourrait dire, toute la province, Charles ne trouvant pas que l'on pût mettre trop d'éclat à ce qui réparait envers sa bien-aimée les cruelles injures du sort. Madame la comtesse de Sénange remplit le double rôle de mère, car elle voulait aussi l'être de mademoiselle de Volmar. Elle lui donna ses diamans et se plut à l'en parer, au moment où elle se rendit à l'autel.

Tout ce qui peut orner une fête
eut lieu dans cette brillante journée.
Thérèse avait ouvert le bal avec le
comte, et l'on avait admiré les grâces de cet aimable couple : c'était la
première fois que Charles eût vu
danser son amie, et l'on sait combien l'amour trouve de charmes dans
cet exercice, qui semble fait pour
préluder à de plus doux plaisirs.

Comme la mariée était venue reprendre sa place, on vit entrer un
homme, encore jeune, d'une figure
très-agréable, assez simplement mis,
qui traversa cette grande pièce et
vint tomber aux genoux de la jeune
dame de Sénange; elle le reconnut,
le releva aussitôt, non sans un peu
d'inquiétude. « Ma belle cousine,
dit M. de Pont-de-Vesle, car c'é-
tait lui-même, je ne viens point ici
troubler votre bonheur; M. de Sénange est digne de le faire. Je veux
seulement partager votre satisfac-

tion, et je puis vous assurer que, si je n'avais pas à me reprocher la mort de mon beau-frère, cette journée serait **une** des plus belles de ma vie : présentez-moi , je vous prie , à madame la comtesse de Sénange et à votre mari. »

La jeune mariée, rassurée par les manières franches de son cousin, le mena à sa belle-mère et à son époux qui l'accueillirent parfaitement. Il passa tout le temps des fêtes à Sénange ; il apprit à sa cousine que la duchesse s'était remariée à un baron allemand qui l'avait emmenée en Bavière. Quant à sa mère, il avouait qu'elle avait porté trop loin ses bontés pour lui, et que son plus grand chagrin était de penser qu'il avait causé sa ruine et ne pouvait la réparer. « Nous nous en occuperons, mon cousin, dit Thérèse avec une grâce infinie. » En effet, au bout de deux ans, madame

de Sénange lui fit obtenir la main
d'une fille de Lausanne, fort riche,
et bien élevée ; mais comme il allait
engager sa mère à venir dans cette
ville se réunir à lui , elle mourut ,
ne pouvant encore supporter l'idée
que cette petite enfant trouvée fût
devenue une grande dame.

La duchesse, qui n'avait point
eu d'enfans de son premier mari ,
en eut deux de son grand seigneur
allemand; mais ils ne vécurent point;
ce qui causa un si grand dépit à son
noble époux, qu'il la rendit très-mal-
heureuse. Il lui reprochait conti-
nuellement de n'avoir point voulu
nourrir messeigneurs les barons ,
qui , disait-il, auraient perpétué sa
race si elle eût rempli ses devoirs
envers eux. Excedée de ses inter-
minables tracasseries , elle tomba
dans un affreux marasme , dont
elle mourut , en regrettant le pauvre duc.

Pour Thérèse, elle a donné à son époux des enfans aussi beaux, aussi bons qu'elle; elle ne les a point laissé passer dans des mains etrangères; cependant, comme elle en a un bon nombre, elle a pris, pour l'aider dans ses soins maternels, la bonne Gertrude, dont la douceur et la vertu lui étaient connues. Elle la rend très-heureuse, n'oubliant pas qu'elle-même doit à cette excellente femme le bonheur dont elle jouit; bonheur qui sera sans nuage, car l'amour que son époux lui porte, étant fondé sur la plus parfaite estime, sera aussi constant qu'il est tendre et passionné.

FIN DU TROISIÈME ET DERNIER VOLUME.

TABLE

DES CHAPITRES

Dont se compose tout l'Ouvrage.

TOME Ier.

----

(1) *Erratum.* La division des Chapitres VII et
VIII n'a point eu lieu, de sorte qu'en apparence
l'ouvrage n'a point de chap. VIII.

(225)

TOME III.

FIN DE LA TABLE

IMPRIMERIE DE CRAPELET FILS AÎNÉ,
rue de la Monnaie, n 11.